杨绛

我们仨

二十周年纪念本

生活·讀書·新知 三联书店

目录

我们仨

我们仨

抗戰勝利後，約1946年，攝於上海

Mom Pop

1950年清华校庆日，摄於清华大学新林院宿舍。我家住这宅房子的西侧，小门内是我们三人的卧室，窗内是客厅。我抱的是小猫"花花儿"，刚满月不久。阳台下是大片空地。

1980年. 錢瑗在英國 Lancaster 大學進修二年後回家. 在國外學會烹調. 正做了拿手菜考驗父母.

鍾書贈我十絕句，作於一九五九年。「二十六年前」

即一九三三年。他曾將自己早年的詩，手寫自

訂成冊贈我。

第三首引用北齊崔氏讀面解：

取紅花，取白雪，共兒說面作光悅；

取白雪，取紅花，與兒說面作妍華；

取花紅，取雪白，與兒說面作光澤；

取雪白，取花紅，與兒說面作華容。

第六首指我寫的劇本。

第七首有自註：余小說「圍城」出版後，

頗多癡人說夢者。

廿載猶勞苦護持兼粗語大言呀

詩雨匕律細才傭延可許情懷似

昔時

少年情事宛當痕跡攤娉夢一

溫秋月春風空室生悵惘歎子

委銷魂

繾綣眼窄多憶見初薔薇新瓣浸

醒頰不知醺波兒時雨曾批紅花

和雲坐

遠游汗漾共乘槎始識芳生末甚

淮徑送縹書括亭外料量燦求

學南宋

寧都再夢圓女

汝豈解吾覓夢中能再過猶禁出庭戶誰

尊越山河汝祖眈吾切如吾念汝多方厪背

母至驚醒失相訶

絳書末云三齡女學書見今隸朋字曰此兩月

棚幄耳喜憶唐劉晏事成詠

穎悟如娘劍似翁正末朋字竟能通方知左氏誇嬌

女不數劉家有丑童　吾神于西鞦陋

楊絳录槐豪詩　二〇〇三年閏月

「寧都再夢圓女」詩，作於一九三九年十月赴湖南藍田途中，時圓二歲。

「三齡女學書」一詩，作於一九四〇年

弄偏絲脂咏玉處喜猶粉指更勤　爭備生牲豙耽出屏忘卻牙爲　女秀才

奇情搬演棚如生共傑傳神着　寞輕自嘆爭名义志曾厭雲清照　全明誠

蕪唐滿席古而新凉從淫教幻聽　失惱然聲名朌我損與端說夢　向癡人

百宜一好是天然爲說中年鏡嬾　省粘生天韻餘態句恰如詩品有　都官

雪老霜新懵自支衆空之聚上見

冰姿暗香踥龍舉簷立桃李湯

山獨不如

黃絹幼詞誇幼嫗朱絲弱出而佳人

繡書賭茗相倚坐安循竪牢視

泖子

偶見二十六年皆為

解酿多詩冊電泖波流似塵如夢

復書十絕句

第一部　我们俩老了

有一晚，我做了一个梦。我和锺书一同散步，说说笑笑，走到了不知什么地方。太阳已经下山，黄昏薄暮，苍苍茫茫中，忽然锺书不见了。我四顾寻找，不见他的影踪。我喊他，没人应。只我一人，站在荒郊野地里，锺书不知到哪里去了。我大声呼喊，连名带姓地喊。喊声落在旷野里，好像给吞吃了似的，没留下一点依稀仿佛的音响。彻底的寂静，给沉沉夜色增添了分量，也加深了我的孤凄。往前看去，是一层深似一层的昏暗。我脚下是一条沙土路，旁边有林木，有潺潺流水，看不清楚溪流有多么宽广。向后看去，好像是连片的屋宇房舍，是有人烟的去处，但不见灯火，想必相离很远了。锺书自顾自先回家了吗？我也得回家呀。我正待寻觅归路，忽见一个老人拉着一辆空的黄包车，忙拦住他。他倒也停了车。可是我怎么也说不出要到哪里去，惶急中忽然醒了。锺书在我旁边的床上睡得正酣呢。

我转侧了半夜等锺书醒来，就告诉他我做了一个梦，如此这般；于是埋怨他怎么一声不响地撇下我自顾自走了。锺书并不为我梦中的他辩护，只安慰我说：那是老人的梦，他也常做。

是的，这类的梦我又做过多次，梦境不同而情味总相似。往往是我们两人从一个地方出来，他一晃眼不见了。我到处问询，无人理我。我或是来回寻找，走入一连串的死胡同，或独在昏暗的车站等车，等那末一班车，车也总不来。梦中凄凄惶惶，好像只要能找到他，就能一同回家。

锺书大概是记着我的埋怨，叫我做了一个长达万里的梦。

第二部　我们仨失散了

这是一个"万里长梦"。梦境历历如真，醒来还如在梦中。但梦毕竟是梦，彻头彻尾完全是梦。

（一）　走上古驿道

已经是晚饭以后，他们父女两个玩得正酣。锺书怪可怜地大声求救："娘，娘，阿圆欺我！"

阿圆理直气壮地喊："Mummy娘！爸爸做坏事！当场拿获！"（我们每个人都有许多称呼，随口叫。）

"做坏事"就是在她屋里捣乱。

我走进阿圆卧房一看究竟。只见她床头枕上垒着高高一叠大辞典，上面放一只四脚朝天的小板凳，凳脚上端端正正站着一双沾满尘土的皮鞋——显然是阿圆回家后刚脱下的，一只鞋里塞一个笔筒，里面有阿圆的毛笔、画笔、铅笔、圆珠笔等，另一只鞋里塞一个扫床的笤帚把。沿着枕头是阿圆带回家的大书包。接下是横放着的一本一本大小各式的书，后面拖着我给阿圆的长把"鞋拔"，大概算是尾巴。阿圆站在床和书桌间的夹道里，把爸爸拦在书桌和钢琴之间。阿圆得意地说："当场拿获！！"

锺书把自己缩得不能再小，紧闭着眼睛说："我不在这里！"他笑得都站不直了。我隔着他的肚皮，也能看到他肚子里翻滚的笑浪。

阿圆说："有这种alibi吗？"（注：alibi，不在犯罪现场的证据。）

我忍不住也笑了。三个人都在笑。客厅里电话铃响了几声，我们才听到。

接电话照例是我的事（写回信是锺书的事）。我赶忙去接。没听清是谁打来的，只听到对方找钱锺书去开会。我忙说："钱锺书还病着呢，我是他的老伴儿，我代他请假吧。"对方不理，只命令说："明天报到，不带包，不带笔记本，上午九点有车来接。"

我忙说："请问在什么地点报到？我可以让司机同志来代他请假。"

对方说："地点在山上，司机找不到。明天上午九点有车来接。不带包，不带笔记本。上午九点。"电话就挂断了。

锺书和阿圆都已听到我的对答。锺书早一溜烟过来坐在我旁边的沙发上。阿圆也跟出来，挨着爸爸，坐在沙发的扶手上。她学得几句安慰小孩子的顺口溜，每逢爸爸"因病请假"，小儿赖学似的心虚害怕，就用来安慰爸爸："提勒提勒耳朵，胡噜胡噜毛，我们的爸爸吓不着。"（"爸爸"原作"孩子"。）

我讲明了电话那边传来的话，很抱歉没敢问明开什么会。按说，锺书是八十四岁的老人了，又是大病之后，而且他也不担任什么需他开会的职务。我对锺书说："明天车来，我代你去报到。"

锺书并不怪我不问问明白。他一声不响地起身到卧房去，自己开了衣柜的门，取出他出门穿的衣服，挂在衣架上，还挑了一条干净手绢，放在衣袋里。他是准备亲自去报到，不需我代表——他也许知道我不能代表。

我和阿圆还只顾捉摸开什么会。锺书没精打采地干完他的晚事（洗洗换换），乖乖地睡了。他向例早睡早起，我晚睡晚起，阿圆晚睡早起。

第二天早上，阿圆老早做了自己的早饭，吃完就到学校上课去。我们两人的早饭总是锺书做的。他烧开了水，泡上浓香的红茶，热了牛奶（我们吃牛奶红茶），煮好老嫩合适的鸡蛋，用烤面包机烤好面包，从冰箱里拿出黄油、果酱等放在桌上。我起床和他一起吃早饭。然后我收拾饭桌，刷锅洗碗，等他穿着整齐，就一同下楼散散步，等候汽车来接。

将近九点，我们同站在楼门口等待。开来一辆大黑汽车，车里出来一个穿制服的司机。他问明钱锺书的身份，就开了车门，让他上车。随即关上车门，好像防我跟上去似的。我站在楼门口，眼看着那辆车稳稳地开走了。我不识汽车是什么牌子，也没注意车牌的号码。

我一个人上楼回家。自从去春锺书大病，我陪住医院护理，等到他病愈回家，我脚软头晕，成了风吹能倒的人。近期我才硬朗起来，能独立行走，不再需扶墙摸壁。但是我常常觉得年纪不饶人，我已力不从心。

　　我家的阿姨是钟点工。她在我家已做了十多年，因家境渐渐宽裕，她辞去别人家的工作，单做我一家。我信任她，把铁门的钥匙也分一个给她拴在腰里。我们住医院，阿圆到学校上课，家里没人，她照样来我家工作。她看情况，间日来或每日来，我都随她。这天她来干完活儿就走了。我焖了饭，揾在暖窝里；切好菜，等锺书回来了下锅炒；汤也炖好了，揾着。

　　等待是很烦心的。我叫自己别等，且埋头做我的工作。可是，说不等，却是急切的等，书也看不进，一个人在家团团转。快两点了，锺书还没回来。我舀了半碗汤，泡两勺饭，胡乱吃下，躺着胡思乱想。想着想着，忽然动了一个可怕的念头。我怎么能让锺书坐上一辆不知来路的汽车，开往不知哪里去呢？

　　阿圆老晚才回家。我没吃晚饭，也忘了做。阿姨买来大块嫩牛肉，阿圆会烤，我不会。我想用小火炖一锅好汤，做个罗宋汤，他们两个都爱吃。可是我直在焦虑，什么都忘了，只等阿圆回来为我解惑。

　　我自己饭量小，又没胃口，锺书老来食量也小，阿圆不在家的日子，我们做晚饭只图省事，吃得很简便。阿圆在家吃晚饭，我只稍稍增加些分量。她劳累一天，回家备课、改卷子，总忙到

18

夜深，常说："妈妈，我饿饭。"我心里抱歉，记着为她做丰盛的晚饭。可是这一年来，我病病歪歪，全靠阿圆费尽心思，也破费工夫，为我们两个做好吃的菜，哄我们多吃两口。她常说："我读食谱，好比我查字典，一个字查三种字典，一个菜看三种食谱。"她已学到不少本领。她买了一只简单的烤箱，又买一只不简单的，精心为我们烤制各式鲜嫩的肉类，然后可怜巴巴地看我们是否欣赏。我勉强吃了，味道确实很好，只是我病中没有胃口（锺书病后可能和我一样）。我怕她失望，总说："好吃！"她待信不信地感激说："娘，谢谢你。"或者看到爸爸吃，也说："爸爸，谢谢你。"我们都笑她傻。她是为了我们的营养。我们吃得勉强，她也没趣，往往剩下很多她也没心思吃。

我这一整天只顾折腾自己，连晚饭都没做。准备午饭用的一点蔬菜、几片平菇、几片薄薄的里脊是不经饱的。那小锅的饭已经让我吃掉半碗了，阿圆又得饿饭。而且她还得为妈妈讲许多道理，叫妈妈别胡思乱想，自惊自扰。

她说："山上开会说不定要三天。"

"住哪儿呢？毛巾、牙刷都没带。"

她说："招待的地方都会有的。"还打趣说："妈妈要报派出所吗？"

我真想报派出所，可是怎么报呢？

阿圆给我愁得也没好生吃晚饭。她明天不必到学校去，可是她有改不完的卷子，备不完的功课。晚上我假装睡了，至少让阿圆能安静工作。好在明天有她在身边，我心上有依傍。可是我一夜没睡。

早起我们俩同做早饭，早饭后她叫我出去散步。我一个人不愿意散步。她洗碗，我烧开水，灌满一个个暖瓶。这向例是锺书的事。我定不下心，只顾发呆，满屋子乱转。电话铃响我也没听到。

电话是阿圆接的。她高兴地喊："爸爸！！"

我赶紧过来站在旁边。

她说："嗯……嗯……嗯……嗯……嗯。"都是"嗯"。然后挂上电话。

我着急地问："怎么说？"

她只对我摆手，忙忙地抢过一片纸，在上面忙忙地写，来不及地写，写的字像天书。

她说："爸爸有了！我办事去。"她两个手指点着太阳穴说："别让我混忘了，回来再讲。"

她忙忙地挂着个皮包出门，临走说："娘，放心。也许我赶不及回来吃饭，别等我，你先吃。"

幸亏是阿圆接的电话，她能记。我使劲儿叫自己放心，只是放不下。我不再胡思乱想，只一门心思等阿圆回来，干脆丢开工作，专心做一顿好饭。

我退休前曾对他们许过愿。我说："等我退休了，我补课，我还债，给你们一顿一顿烧好吃的菜。"我大半辈子只在抱歉，觉得自己对家务事潦草塞责，没有尽心尽力。他们两个都笑说：

"算了吧！"阿圆不客气说："妈妈的刀工就不行，见了快刀子先害怕，又性急，不耐烦等火候。"锺书说："为什么就该你做菜呢？你退了，能休吗？"

说实话，我做的菜他们从未嫌过，只要是我做的，他们总叫好。这回，我且一心一意做一顿好饭，叫他们出乎意外。一面又想，我准把什么都烧坏了，或许我做得好，他们都不能准时回来。因为——因为事情往往是别扭的，总和希望或想象的不一致。

我的饭做得真不错，不该做得那么好。我当然失望得很，也着急得很。阿圆叫我别等她，我怎能不等呢。我直等到将近下午四点阿圆才回家，只她一人。她回家脱下皮鞋，换上拖鞋，显然走了不少路，很累了，自己倒杯水喝。我的心直往下沉。

阿圆却很得意地说："总算给我找着了！地址没错，倒了两次车，一找就找到。可是我排了两个冤枉队，一个队还很长，真冤枉。挨到我，窗口里的那人说：'你不在这里排，后面。'他就不理我了。'后面'在哪里呢？我照着爸爸说的地方四面问人，都说不知道。我怕过了办公时间找不到人，忽见后面有一间小屋，里面有个人站在窗口，正要关窗。我抢上去问他：'古驿道在哪儿？'他说：'就这儿。'唷！我松了好大一口气。我怕记忘了，再哪儿找去。"

"古驿道？"我皱着眉头摸不着头脑。

"是啊，妈妈，我从头讲给你听。爸爸是报到以后抢时间打来的电话，说是他们都得到什么大会堂去开会，交通工具各式各

21

样，有飞机，有火车，有小汽车，有长途汽车，等等，机票、车票都抢空了，爸爸说，他们要抢早到会，坐在头排，让他们抢去吧，他随便。他选了没人要的一条水道，坐船。爸爸一字一字交待得很清楚，说是'古驿道'。那个办事处窗口的人说：'这会儿下班了，下午来吧。'其实离下班还不到五分钟呢，他说下午二时办公。我不敢走远，近处也没有买吃的地方。我就在窗根儿底下找个地方坐等，直等到两点十七八分，那人才打开窗口，看见我在原地等着，倒也有点抱歉。他说：'你是家属吗？家属只限至亲。'所以家属只你我两个。他给了那边客栈的地址，让咱们到那边去办手续。怎么办，他都细细告诉我了。"

阿圆说："今天来不及到那边去办手续了，肯定又下班了。妈妈，你急也没用，咱们只好等明天了。"

我热了些肉汤让阿圆先点点饥，自己也喝了两口。我问："'那边'在哪儿？"

阿圆说："我记着呢。还有啰啰嗦嗦许多事，反正我这儿都记下了。"她给我看看自己皮包里的笔记本。她说："咱们得把现款和银行存单都带上，因为手续一次办完，有余退还，不足呢，半路上不能补办手续。"

我觉得更像绑架案了，只是没敢说，因为阿圆从不糊涂。我重新热了做好的饭，两人食而不知其味地把午饭、晚饭并作一顿吃。

我疑疑惑惑地问："办多长的手续呀？带多少行李呢？"

阿圆说："洗换的衣服带两件，日用的东西那边客栈里都有，带了钱就行，要什么都有。"她约略把她记下的啰啰嗦嗦事告诉我，我不甚经心地听着。

阿圆一再对我说："娘，不要愁，有我呢。咱们明天就能见到爸爸了。"

我无奈说："我怕爸爸要急坏了——他居然也知道打个电话。也多亏是你接的。我哪里记得清。我现在出门，路都不认识了，车也不会乘了，十足的饭桶了。"

阿圆缩着脖子做了个鬼脸说："妈妈这只饭桶里，只有几颗米粒儿一勺汤。"我给她说得笑了。她安慰我说："反正不要紧，我把你安顿在客栈里，你不用认路，不用乘车。我只能来来往往，因为我得上课。"

阿圆细细地看她的笔记本。我收拾了一个小小的手提包，也理出所有的存单，现款留给阿圆。

第二天早餐后，阿圆为我提了手提包，肩上挂着自己的皮包，两人乘一辆出租车，到了老远的一个公交车站。她提着包，护着我，挤上公交车，又走了好老远的路。下车在荒僻的路上又走了一小段路，只见路旁有旧木板做成的一个大牌子，牌子上是小篆体的三个大字："古驿道"。下面有许多行小字，我没戴眼镜，模模糊糊看到几个似曾见过的地名，如灞陵道、咸阳道等。阿圆眼快，把手一点说："到了，就是这里。妈妈，你只管找号头，311，就是爸爸的号。"

她牵着我一拐弯走向一个门口。她在门上一个不显眼的地方按一下，原来是电铃。门上立即开出一个窗口。阿圆出示证件，窗口关上，门就开了。我们走入一家客栈的后门，那后门也随即关上。

客栈是坐北向南的小楼，后门向南。进门就是柜台。

阿圆说："妈妈，累了吧？"她在柜台近侧找到个坐处，叫妈妈坐下，把手提包放在我身边。她自己就去招呼柜台后面的人办手续。先是查看种种证件，阿圆都带着呢。掌柜的仔细看过，然后拿出几份表格叫她一一填写。她填了又填，然后交费。我暗想，假如是绑匪，可真是官派十足啊。那掌柜的把存单一一登记，一面解释说："我们这里房屋是简陋些，管理却是新式的；这一路上长亭短亭都已改建成客栈了，是连锁的一条龙。你们领了牌子就不用再交费，每个客栈都供吃、供住、供一切方便。旅客的衣着和日用品都可以在客栈领，记账。旅客离开房间的时候，把自己的东西归置一起，交给柜台。船上的旅客归船上管，你们不得插手。住客栈的过客，得遵守我们客栈的规则。"他拿出印好的一纸警告，一纸规则。

警告是红牌黑字，字很大。

（一）顺着驿道走，没有路的地方，别走。

（二）看不见的地方，别去。

（三）不知道的事，别问。

规则是白纸黑字，也是大字。

（一）太阳落到前舱，立即回客栈。驿道荒僻，晚间大门上门后，敲门也不开。

（二）每个客栈，都可以休息、方便、进餐，勿错过。

（三）下船后退回原客栈。

掌柜的发给我们各人一个圆牌，上有号码，背面叫我们按上指印，一面郑重叮嘱，出入总带着牌儿，守规则，勿忘警告，尤其是第三条，因为最难管的是嘴巴。

客栈里正为我们开饭，叫我们吃了饭再上路。我心上纳闷，尤其那第三条警告叫人纳闷。不知道的事多着呢，为什么不能问？问了又怎么样？

我用手指点红牌上的第三条故意用肯定的口气向掌柜的说："不能用一个问字，不能打一个问号。"我这样说，应该不算问。可是掌柜的瞪着眼警告说："你这话已经在边缘上了，小心！"我忙说："谢谢，知道了。"

阿圆悄悄地把我的手捏了一捏，也是警告的意思。饭后我从小提包里找出一枚别针，别在手袖上，我往常叫自己记住什么事，就在衣袖上别一枚别针，很有提醒的作用。

柜台的那一侧，有两扇大门。只开着一扇，那就是客栈的前门。前门朝北开。我们走出前门，顿觉换了一个天地。

（二） 古驿道上相聚

那里烟雾迷蒙，五百步外就看不清楚；空气郁塞，叫人透不过气似的。门外是东西向的一道长堤，沙土筑成，相当宽，可容两辆大车。堤岸南北两侧都砌着石板。客栈在路南，水道在路北。客栈的大门上，架着一个新刷的招牌，大书"客栈"二字。道旁两侧都是古老的杨柳。驿道南边的堤下是城市背面的荒郊，杂树丛生，野草滋蔓，爬山虎直爬到驿道旁边的树上。远处也能看到一两簇苍松翠柏，可能是谁家的陵墓。驿道东头好像是个树林子，客栈都笼罩在树林里似的。我们走进临水道的那一岸。堤很高，也很陡，河水静止不流，不见一丝波纹。水面明净，但是云雾蒙蒙的天倒映在水里，好像天地相向，快要合上了。也许这就是令人觉得透不过气的原因。顺着蜿蜒的水道向西看去，只觉得前途很远很远，只是迷迷茫茫，看不分明。水边一顺溜的青青草，引出绵绵远道。

古老的柳树根，把驿道拱坏了。驿道也随着地势时起时伏，石片砌的边缘处，常见塌陷，所以路很难走。河里也不见船只。

阿圆扶着我说："妈妈小心，看着地下。"

我知道小心，因为我病后刚能独自行走。我步步着实地走，省得阿圆搀扶，她已经够累的了。走着走着——其实并没走多远，就看见岸边停着一叶小舟，赶紧跑去。

26

船头的岸边，植一竿撑船的长竹篙，船缆在篙上。船很小，倒也有前舱、后舱、船头、船尾；却没有舵，也没有桨。一条跳板，搭在船尾和河岸的沙土地上。驿道边有一道很长的斜坡，通向跳板。

阿圆站定了说："妈妈，看那只船艄有号码，311，是爸爸的船。"

我也看见了。阿圆先下坡，我走在后面，一面说："你放心，我走得很稳。"但是阿圆从没见过跳板，不敢走。我先上去，伸手牵着她，她小心翼翼地横着走。两人都上了船。

船很干净，后舱空无一物，前舱铺着一只干净整齐的床，雪白的床单，雪白的枕头，简直像在医院里，锺书侧身卧着，腹部匀匀地一起一伏，睡得很安静。

我们在后舱脱了鞋，轻轻走向床前。只见他紧抿着嘴唇，眼睛里还噙着些泪，脸上有一道泪痕。枕边搭着一方干净的手绢，就是他自己带走的那条，显然已经洗过，因为没一道折痕。船上不见一人。

该有个撑船的艄公，也许还有个洗手绢的艄婆。他们都上岸了？（我只在心里捉摸）

我摸摸他额上温度正常，就用他自己的手绢为他拭去眼泪，一面在他耳边轻唤"锺书，锺书"。阿圆乖乖地挨着我。

他立即睁开眼，眼睛睁得好大。没有了眼镜，可以看到他的眼皮双得很美，只是面容显得十分憔悴。他放心地叫了声"季康，阿圆"，声音很微弱，然后苦着脸，断断续续地诉苦："他们把我带到一个很高很高的不知哪里，然后又把我弄下来，转了好多好多的路，我累得睁不开眼了，又不敢睡，听得船在水里走，这是船上吧? 我只愁你们找不到我了。"

阿圆说："爸爸，我们来了，你放心吧! "

我说："阿圆带着我，没走一步冤枉路。你睁不开眼，就闭上，放心睡一会儿。"

他疲劳得支持不住，立即闭上眼睛。

我们没个坐处，只好盘膝坐在地上。他从被子侧边伸出半只手，动着指头，让我们握握。阿圆坐在床尾抱着他的脚，他还故意把脚动动。我们三人又相聚了。不用说话，都觉得心上舒坦。我握着他的手把脸枕在床沿上。阿圆抱着爸爸的脚，把脸靠在床尾。虽然是在古驿道上，这也是合家团聚。

我和阿圆环视四周。锺书的眼镜没了，鞋也没了。前舱的四壁好像都是装东西的壁柜，我们不敢打开看。近船头处，放着一个大石礅。大概是镇船的。

阿圆忽然说："啊呀，糟糕了，妈妈，我今天有课的，全忘了! 明天得到学校去一遭。"

我说："去也来不及了。"

"我从来没旷过课。他们准会来电话。哎，还得补课呢。今晚得回去给系里通个电话。"

阿圆要回去，就剩我一人住客栈了。我往常自以为很独立，这时才觉得自己像一枝爬藤草。可是我也不能拉住阿圆不放。好在手续都已办完，客栈离船不远。

我叹口气说："你该提早退休，就说爸爸老了，妈妈糊涂了，你负担太重了。你编的教材才出版了上册，还有下册没写呢。"

阿圆说："妈妈你不懂。一面教，一面才会有新的发现，才能修改添补。出版的那个上册还得大修大改呢——妈妈，你老盼我退休，只怕再过三年五年也退不成。"

我自己惭愧，只有我是个多余的人。我默然。太阳已经越过船身。我轻声说："太阳照进前舱，我们就得回客栈，如果爸爸还不醒……"我摸摸袖口的别针，忙止口不问。

"叫醒他。"阿圆有决断，她像爸爸。

锺书好像还在沉沉酣睡。云后一轮血红的太阳，还没照到床头，锺书忽然睁开眼睛，看着我们，安慰自己似的念着我们的名字：季康、圆圆。我们忙告诉他，太阳照进前舱，我们就得回客栈。阿圆说："我每星期会来看你。妈妈每天来陪你。这里很安静。"

锺书说："都听见了。"他耳朵特灵，他睡着也只是半睡。这时他忽把紧闭的嘴拉成一条直线，扯出一丝淘气的笑，怪有意思地看着我说："绛，还做梦吗？"

我愣了一下，茫然说："我这会儿就好像做梦呢。"嘴里这么回答，却知道自己是没有回答。我一时摸不着头脑。

阿圆站起身说："我们该走了。爸爸，我星期天来看你，妈妈明天就来。"

锺书说："走吧。"

我说了声："明天见，好好睡。"我们忙到后舱穿上鞋。我先上跳板，牵着阿圆。她只会横着一步一步过。我们下船，又走上驿道。两人忙忙地赶回客栈，因为路不好走，我又走不快。

到了客栈，阿圆说："妈妈，我很想陪你，但是我得赶回家打个电话，还得安排补课……妈妈，你一个人了……"她舍不得撇下我。

我认为客栈离船不远，虽然心上没着落，却不忍拖累阿圆。我说："你放心吧，我走得很稳了。你来不及吃晚饭，干脆赶早回去，再迟就堵车了。"

我们一进客栈的门，大门就上闩。

阿圆说："娘，你走路小心，宁可慢。"我说："放心，你早点睡。"她答应了一声，匆匆从后门出去，后门也立即关上。这前后门都把得很紧。

我仍旧坐在楼梯下的小饭桌上，等开晚饭。我要了一份清淡的晚餐，坐着四顾观看。店里有个柜台，还有个大灶，掌柜一人，还有伙计几人，其中有一个女的很和善。我们微笑招呼。我发现柜台对面有个窗口，旁边有一个大转盘，茶水、点心、饭菜都从这个转盘转出去。窗口有东西挡着，我午饭时没看见。我对女人说："那边忙着呢，我不着急。"那女人就向我解释，外面是南北向的道路上招徕顾客的点心铺，也供茶水，也供便饭。我指指楼上，没敢开口。她说,楼上堆货,管店的也住楼上。没别的客人。

楼上,我的客房连着个盥洗室,很干净。我的手提包已经在客房里了。我走得很累,上床就睡着。

我睡着就变成了一个梦,很轻灵。我想到高处去看看河边的船。转念间,我已在客栈外边路灯的电杆顶上。驿道那边的河看不见,停在河边的船当然也看不见,船上并没有灯火。客栈南边却是好看,闪亮着红灯、绿灯、黄灯、蓝灯各色灯光,是万家灯火的不夜城,是北京。三里河在哪儿呢?转念间我已在家中卧室窗前的柏树顶上,全屋是黑的,阿圆不知在哪条街上,哪辆公交车上。明天我们的女婿要来吃早点的,他知道我们家的事吗?转念间我又到了西石槽阿圆的婆家。屋里几间房都亮着灯。呀!阿圆刚放下电话听筒,过来坐在饭桌前。她婆婆坐在她旁边。我的女婿给阿圆舀了一碗汤,叫她喝汤,一面问:

"我能去看看他们吗?"

"不能,只许妈妈和我两个。"

她婆婆说:"你搬回来住吧。"

阿圆说:"书都在那边呢,那边离学校近。我吃了晚饭就得过那边去。"

我依傍着阿圆,听着他们谈话,然后随阿圆又上车回到三里河。她洗完澡还不睡,备课到夜深。我这个梦虽然轻灵,却是万般无能,我都没法催圆圆早睡。梦也累了。我停在自己床头贴近衣柜的角落里歇着,觉得自己化淡了,化为乌有了。

我睁眼，身在客栈的床上，手脚倒是休息过来了。我吃过早饭，忙忙地赶路，指望早些上船陪锺书。昨天走过的路约略记得，可是斜坡下面的船却没有了。

这下子我可慌了。我没想想，船在水里，当然会走的。走多远了呢？身边没个可以商量的人了。一人怯怯地，生怕走急了绊倒了怎么办，又怕错失了河里的船，更怕走慢了赶不上那只船。步步留心地走，留心地找，只见驿道左侧又出现一座客栈，不敢错过，就进去吃饭休息。客栈是一模一样的客栈，只是掌柜和伙计换了人。我带着牌子进去，好似老主顾。我洗了手又复赶路，心上惶惶然。幸好不多远就望见驿道右边的斜坡，311号的船照模照样地停在坡下。我走过跳板上船，在后舱脱鞋，锺书半坐半躺地靠在枕上等我呢。

他问："阿圆呢？"

"到学校去了。"

我照样盘腿坐在他床前，摸他的脑门子，温度正常，颈间光滑滑的。他枕上还搭着他自己的手绢，显然又洗过了。他神情已很安定，只是面容很憔悴，一下子瘦了很多。

他说："我等了你好半天了。"

我告诉他走路怕跌，走不快。

我把自己变了梦所看到的阿圆，当作真事一一告诉。他很关心地听着，并不问我怎会知道。他等我已经等累了，疲倦得闭上眼睛。我梦里也累，又走得累，也紧张得累。我也闭上眼，把头

32

枕在他的床边。这样陪着他，心上挺安顿。到应该下船的时候，我起身说，该回去了，他说："明天见，别着急，走路小心。"我就一步步走回客栈。

但是，我心上有个老大的疙瘩。阿圆是否和我一样糊涂，以为船老停在原处不动？船大概走了一夜，星期天阿圆到哪个客栈来找我呢？

客栈确是"一条龙"，我的手提包已移入另一个客栈的客房。我照模照样又过了一夜，照模照样又变成一个梦，随着阿圆打转，又照模照样，走过了另一个客栈，又找到锺书的船。他照样在等我，我也照样儿陪着他。

一天又一天，我天天在等星期日，却忘了哪天是星期日。有一天，我饭后洗净手，正待出门，忽听得阿圆叫娘，她连挂在肩上的包都没带，我梦里看见她整理好了书包才睡的。我不敢问，只说："你没带书包。"

她说不用书包，只从衣袋里掏出一只小钱包给我看看，拉着我一同上路。我又惊讶，又佩服，不知阿圆怎么找来的，我也不敢问，只说："我只怕你找不到我们了。"阿圆说："算得出来呀。"古驿道办事处的人曾给她一张行舟图表，她可以按着日程找。我放下了一桩大心事。

我们一同上了船，锺书见了阿圆很高兴，虽然疲倦，也不闭眼睛，我虽然劳累，也很兴奋，我们又在船上团聚了。

我只在阿圆和我分别时郑重叮嘱，晚上早些睡，勿磨蹭到老晚。阿圆说："妈妈，梦想为劳，想累了要梦魇的。"去年爸爸动手术，她颈椎痛，老梦魇，现在好了。她说："妈妈总是性急，咱们只能乖乖地顺着道儿走。"

可是我常想和阿圆设法把锺书驮下船溜回家去。这怎么可能呢！

我的梦不复轻灵，我梦得很劳累，梦都沉重得很。我变了梦，看阿圆忙这忙那，看她吃着晚饭，还有电话打扰，有一次还有两个学生老晚来找她。我看见女婿在我家厨房里，烧开了水，壶上烤着个膏药，揭开了，给阿圆贴在颈后。都是真的吗？她又颈椎痛吗？我不敢当作真事告诉锺书。好在他都不问。

堤上的杨柳开始黄落，渐渐地落成一棵棵秃柳。我每天在驿道上一脚一脚走，带着自己的影子，踏着落叶。

有一个星期天，三人在船上团聚。锺书已经没有精力半坐半躺，他只平躺着。我发现他的假牙不知几时起已不见了。他日见消瘦，好像老不吃饭的。我摸摸他的脑门子，有点热辣辣的。我摸摸阿圆的脑门子，两人都热辣辣的，我用自己的脑门子去试，他们都是热的。阿圆笑说："妈妈有点凉，不是我们热。"

可是下一天我看见锺书手背上有一块青紫，好像是用了吊针，皮下流了血。他眼睛也张不开，只捏捏我的手。我握着他的手，他就沉沉地睡，直到太阳照进前舱。他时间观念特强，总会及时睁开眼睛。他向我点点头。我说："好好睡，明天见。"

他只说："回去吧。"

34

阿圆算得很准，她总是到近处的客栈来找我。每星期都来看爸爸，除了几次出差，到厦门，到昆明，到重庆。我总记着她飞机起飞和降落的时刻。她出差时，我梦也不做，借此休息。锺书上过几次吊针，体温又正常，精神又稍好，我们同在船上谈说阿圆。

我说："她真是'强爹娘、胜祖宗'。你开会发言还能对付，我每逢开会需要发言，总吓得心怦怦跳，一句也不会说。阿圆呢，总有她独到的见解，也敢说。那几个会，她还是主持人。"

锺书叹口气说："咱们的圆圆是可造之材，可是……"

阿圆每次回来，总有许多趣事讲给我们听，填满了我不做梦留下的空白。我们经常在船上相聚，她的额头常和锺书的一样热烘烘，她也常常空声空气地咳嗽。我担心说："你该去看看病，你'打的'去，'打的'回。"她说，看过病了，是慢性支气管炎。

她笑着讲她挎着个大书包挤车，同车的一人嫌她，对她说："大妈，您怎么还不退休？"我说："挤车来往费时间，时间不是金钱，时间是生命，记着。你来往都'打的'。"阿圆说："'打的'常给堵死在街上，前不能前，退不能退，还不如公交车快。"

我的梦已经变得很沉重，但是圆圆出差回来，我每晚还是跟着她转。我看见我的女婿在我家打电话，安排阿圆做磁共振、做CT。我连夜梦魇。一个晚上，我的女婿在我家连连地打电话，为阿圆托这人，托那人，请代挂专家号。后来总算挂上了。

我疑疑惑惑地在古驿道上一脚一脚走。柳树一年四季变化最勤。秋风刚一吹，柳叶就开始黄落，随着一阵一阵风，落下一批又一批叶子，冬天都变成光秃秃的寒柳。春风还没有吹，柳条上已经发芽，远看着已有绿意；柳树在春风里，就飘荡着嫩绿的长条。然后蒙蒙飞絮，要飞上一两个月。飞絮还没飞完，柳树都已绿叶成荫。然后又一片片黄落，又变成光秃秃的寒柳。我在古驿道上，一脚一脚的，走了一年多。

（三） 古驿道上相失

这天很冷。我饭后又特地上楼去，戴上阿圆为我织的巴掌手套。下楼忽见阿圆靠柜台站着。她叫的一声"娘"，比往常更温软亲热。她前两天刚来过，不知为什么又来了。她说："娘，我请长假了，医生说我旧病复发。"她动动自己的右手食指——她小时候得过指骨节结核，休养了将近一年。"这回在腰椎，我得住院。"她一点点挨近我，靠在我身上说："我想去看看爸爸，可是我腰痛得不能弯，不能走动，只可以站着。现在老伟（我的女婿）送我住院去。医院在西山脚下，那里空气特好。医生说，休养半年到一年，就会完全好，我特来告诉一声，叫爸爸放心。老伟在后门口等着我呢，他也想见见妈妈。"她又提醒我说，"妈妈，你不要走出后门。我们的车就在外面等着。"店家为我们拉开后门。我扶着她慢慢地走。门外我女婿和我说了几句话，他叫我放心。我站在后门口看他护着圆圆的腰，上了一辆等在路边的汽车。圆圆摇下汽车窗上的玻璃，脱掉手套，伸出一只小小的白手，只顾挥手。我目送她的车去远了，退回客栈，后门随即关上。我惘惘然一个人从前门走上驿道。

驿道上铺满落叶，看不清路面，得小心着走。我想，是否该告诉锺书，还是瞒着他。瞒是瞒不住的，我得告诉，圆圆特地来叫我告诉爸爸的。

锺书已经在等我，也许有点生气，故意闭上眼睛不理我。我照常盘腿坐在他床前，慢慢地说："刚才是阿圆来叫我给爸爸传几句话。"他立即张大了眼睛。我就把阿圆的话，委婉地向他传达，强调医生说的休养半年到一年就能完全养好。我说：从前是没药可治的，现在有药了，休息半年到一年，就完全好了。阿圆叫爸爸放心。

锺书听了好久不说话。然后，他很出我意外地说："坏事变好事，她可以好好地休息一下了。等好了，也可以卸下担子。"

这话也给我很大的安慰。因为阿圆胖乎乎的，脸上红扑扑的，谁也不会让她休息；现在有了病，她自己也不能再鞭策自己。趁早休息，该是好事。

我们静静地回忆旧事：阿圆小时候一次两次的病，过去的劳累，过去的忧虑，过去的希望……我握着锺书的手，他也握握我的手，好像是叫我别愁。

回客栈的路上，我心事重重。阿圆住到了医院去，我到哪里去找她呢？我得找到她。我得做一个很劳累的梦。我没吃几口饭就上床睡了。我变成了一个很沉重的梦。

我的梦跑到客栈的后门外，那只小小的白手好像还在招我。恍恍惚惚，总能看见她那只小小的白手在我眼前。西山是黑地里也望得见的。我一路找去。清华园、圆明园，那一带我都熟悉，我念着阿圆阿圆，那只小小的白手直在我前面挥着。我终于找到了她的医院，在苍松翠柏间。

进院门，灯光下看见一座牌坊，原来我走进了一座墓院。不好，我梦魇了。可是一拐弯我看见一所小小的平房，阿圆的小白手在招我。我透过门，透过窗，进了阿圆的病房。只见她平躺在一张铺着白单子的床上，盖着很厚的被子，没有枕头。床看来很硬。屋里有两张床。另一张空床略小，不像病床，大约是陪住的人睡的。有大夫和护士在她旁边忙着，我的女婿已经走了。屋里有两瓶花，还有一束没解开的花，大夫和护士轻声交谈，然后一同走出病房，走进一间办公室。我想跟进去，听听他们怎么说，可是我走不进。我回到阿圆的病房里，阿圆闭着眼乖乖地睡呢。我偎着她，我拍着她，她都不知觉。

我不嫌劳累，又赶到西石槽，听到我女婿和他妈妈在谈话，说幸亏带了那床厚被，他说要为阿圆床头安个电话，还要了一只冰箱。生活护理今晚托清洁工兼顾，已经约定了一个姓刘的大妈。我又回到阿圆那里，她已经睡熟，我劳累得不想动了，停在她床头边消失了。

我睁眼身在客栈床上。我真的能变成一个梦，随着阿圆招我的手，找到了医院里的阿圆吗？有这种事吗？我想阿圆只是我梦里的人。她负痛小步挨向妈妈，靠在妈妈身上，我能感受到她腰间的痛；我也能感觉到她舍不得离开妈妈去住医院，舍不得撇我一人在古驿道上来来往往。但是我只抱着她的腰，缓步走到后门，把她交给了女婿。她上车弯腰坐下，一定都很痛很痛，可是她还摇下汽车窗上的玻璃，脱下手套，伸出一手向妈妈挥挥，她是依恋不舍。我的阿圆，我唯一的女儿，永远叫我牵心挂肚的，睡里梦里也甩不掉，所以我就创造了一个梦境，看见了阿圆。该是我做梦吧？我实在拿不定我的梦是虚是实。我不信真能找到她的医院。

我照常到了锺书的船上，他在等我。我握着他的手，手心是烫的。摸摸他的脑门子，也是热烘烘的。锺书是在发烧，阿圆也是在发烧，我确实知道的就这一点。

我以前每天总把阿圆在家的情况告诉他。这回我就把梦中所见的阿圆病房，形容给他听，还说女婿准备为她床头安电话，为她要一只冰箱，等等。锺书从来没问过我怎么会知道这些事。他只在古驿道的一只船里，驿道以外，那边家里的事，我当然知道。我好比是在家里，他却已离开了家。我和他讲的，都是那边家里的事。他很关心地听着。

他嘴里不说，心上和我一样惦着阿圆。我每天和他谈梦里所见的阿圆。他尽管发烧，精神很萎弱，但总关切地听。

我每晚做梦，每晚都在阿圆的病房里。电话已经安上了，就在床边。她房里的花越来越多。睡在小床上的是刘阿姨，管阿圆叫钱教授，阿圆不准她称教授，她就称钱老师。刘阿姨和钱老师相处得很好。医生护士对钱瑗都很好。她们称她钱瑗。

医院的规格不高，不能和锺书动手术的医院相比。但是小医院里，管理不严，比较乱，也可说很自由。我因为每到阿圆的医院总在晚间，我的女婿已不在那里，我变成的梦，不怕劳累，总来回来回跑，看了这边的圆圆，又到那边去听女婿的谈话。阿圆的情况我知道得还周全。我尽管拿不稳自己是否真的能变成一个梦，是否看到真的阿圆，也许我自己只在梦中，看到的只是我梦中的阿圆。但是我切记着驿站的警告。我不敢向锺书提出任何问题，我只可以向他讲讲他记挂的事，我就把我梦里所看到的，一一讲给锺书听。

我告诉他，阿圆房里有一只大冰箱，因为没有小的了。邻居要借用冰箱，阿圆都让人借用，由此结识了几个朋友。她隔壁住着一个"大款"，是某饭店的经理，入院前刷新了房间，还配备了微波炉和电炉；他的夫人叫小马，天天带来新鲜菜蔬，并为丈夫做晚饭。小马大约是山西人，圆圆常和她讲山西"四清"时期的事，两人很相投。小马常借用阿圆的大冰箱，也常把自己包的饺子送阿圆吃。医院管饭的大师傅待阿圆极好，一次特为她做了一尾鲜鱼，亲自托着送进病房。阿圆吃了半条，剩半条让刘阿姨帮她吃完。阿圆的婆婆叫儿子送来她拿手的"妈咪鸡"，阿圆请小马吃，但他们夫妇只欣赏饺子。小马包的饺子很大，阿圆只能吃两只。医院里能专为她炖鸡汤，每天都给阿圆炖西洋参汤。我女婿为她买了一只很小的电炉，能热一杯牛奶……

我谈到各种吃的东西，注意锺书是否有想吃的意思。他都毫无兴趣。

我又告诉他，阿圆住院后还曾为学校审定过什么教学计划。阿圆天天看半本侦探小说，家里所有的侦探小说都搜罗了送进医院，连她朋友的侦探小说也送到医院去了。但阿圆不知是否精力减退，又改读菜谱了。我怕她是精力减退了，但是我没有说。也许只是我在担心。我觉得她脸色渐变苍白。

我又告诉锺书，阿圆的朋友真不少，每天病房里都是鲜花。学校的同事、学生不断地去看望。亲戚朋友都去，许多中学的老同学都去看她。我认为她太劳神了，应该少见客人。但是我听西石槽那边说，圆圆觉得人家远道来访不易，她不肯让他们白跑。

我谈到亲戚朋友，注意锺书是否关切。但锺书漠无表情。以前，每当阿圆到船上看望，他总强打精神。自从阿圆住院，他干脆都放松了。他很倦怠，话也懒说，只听我讲，张开眼又闭上。我虽然天天见到他，只觉得他离我很遥远。

阿圆呢？是我的梦找到了她，还是她只在我的梦里？我不知道。她脱了手套向我挥手，让我看到她的手而不是手套。可是我如今只有她为我织的手套与我相亲了。

快过了半年，我听见她和我女婿通电话，她很高兴地说：医院特为她赶制了一个护腰，是量着身体做的；她试过了，很服帖；医生说，等明天做完CT，让她换睡软床，她穿上护腰，可以在床上打滚。

但是阿圆很瘦弱，屋里的大冰箱里塞满了她吃不下而剩下的东西。她正在脱落大把大把的头发。西石槽那边，我只听说她要一只帽子。我都没敢告诉锺书。他刚发过一次高烧，正渐渐退烧，很倦怠。我静静地陪着他，能不说的话，都不说了。我的种种忧虑，自个儿担着，不叫他分担了。

第二晚我又到医院。阿圆戴着个帽子，还睡在硬床上，张着眼睛，不知在想什么。刘阿姨接了电话，说是学校里打来的让她听。阿圆接了话筒说："是的，嗯……我好着。今天护士、大夫，把我扛出去照CT，完了，说还不行呢。老伟来过了。硬床已经拆了，都换上软床了。可是照完CT，他们又把软床换去，搭上硬床。"她强打欢笑说："穿了护腰一点儿不舒服，我宁愿不穿护腰，斯斯文文地平躺在硬床上；我不想打滚。"

大夫来问她是否再做一个疗程。阿圆很坚强地说："做了见好，再做。我受得了。头发掉了会再长出来。"

我听到隔壁那位"大款"和小马的谈话。

男的问："她知道自己什么病吗？"

女的说："她自己说，她得的是一种很特殊的结核病，潜伏了几十年又再发，就很厉害，得用重药。她很坚强。真坚强。只是她一直在惦着她的爹妈，说到妈妈就流眼泪。"

我觉得我的心上给捅了一下，绽出一个血泡，像一只饱含着

42

热泪的眼睛。

锺书高烧之后剃成一个光头，阿圆帽子底下也是光头。两人的头型和五官都很相像，只不过阿圆的眼皮不双。

锺书高烧退了又渐渐有点精神。我就告诉他阿圆的病情：据医生说，潜伏几十年后又复发的结核病比原先厉害，还得慢慢养；反正她乖乖地躺着休养，休养总是好的。我说："我看你们两个越看越像。一样的脑袋，一样的脸型。惟独和爸爸的双眼皮不像，但眼神完全像爸爸。可阿圆生了病就变成双眼皮了。"

锺书得意地说："'方凳妈妈'第一次见到阿圆就说，她眼睛像爸爸。'方凳'眼睛尖。"

我的梦很疲劳。真奇怪，疲劳的梦也影响我的身体。我天天拖着疲劳的脚步在古驿道上来来往往。阿圆住院时，杨柳都是光秃秃的，现在，成荫的柳叶已开始黄落。我天天带着自己的影子，踏着落叶，一步一步小心地走，没完地走。

我每晚都在阿圆的病房里。一次，她正和老伟通电话。阿圆强笑着说："告诉你一个笑话。昨晚我做了一个梦，梦见妈妈偎着我的脸。我梦里怕是假的。我对自己说，是妖精就是香的，是妈妈就不香。我闻着不香，我说，这是我的妈妈。但是我睁不开眼，看不见她。我使劲儿睁开眼，后来眼睛睁开了——我在做梦。"她放下电话，嘴角抽搐着，闭上眼睛，眼角滴下眼泪。她把听筒交给刘阿姨。刘阿姨接下说："钱老师今天还要抽肺水，不让多说了。"接下是她代阿圆报告病情。

我心上又绽出几个血泡，添了几只饱含热泪的眼睛。我想到她梦中醒来，看到自己孤零零躺在医院病房里，连梦里的妈妈都没有了。而我的梦是十足无能的，只像个影子。我依偎着她，抚摸着她，她一点不觉得。

　　我知道梦是富有想象力的。想念得太狠了，就做噩梦。我连夜做噩梦。阿圆渐渐不进饮食。她头顶上吊着一袋紫红色的血，一袋白色的什么蛋白，大夫在她身上打通了什么管子，输送到她身上。刘阿姨不停地用小勺舀着杯里的水，一勺一勺润她的嘴。我心上连连地绽出一只又一只饱含热泪的眼睛。有一晚，我女婿没回家，他也用小勺，一勺一勺地舀着杯子里的清水，润她的嘴。她直闭着眼睛睡。

　　我不敢做梦了。可是我不敢不做梦。我疲劳得都走不动了。我坐在锺书床前，握着他的手，把脸枕在他的床边。我一再对自己说："梦是反的，梦是反的。"阿圆住院已超过一年，我太担心了。

　　我抬头忽见阿圆从斜坡上走来，很轻健。她稳步走过跳板，走入船舱。她温软亲热地叫了一声"娘"，然后挨着我坐下，叫一声"爸爸"。

　　锺书睁开眼，睁大了眼睛，看着她，看着她，然后对我说："叫阿圆回去。"

　　阿圆笑眯眯地说："我已经好了，我的病完全好了，爸爸……"

锺书仍对我说："叫阿圆回去，回家去。"

我一手搂着阿圆，一面笑说："我叫她回三里河去看家。"我心想梦是反的，阿圆回来了，可以陪我来来往往看望爸爸了。

锺书说："回到她自己家里去。"

"嗯，回西石槽去，和他们热闹热闹。"

"西石槽究竟也不是她的家。叫她回到她自己家里去。"

阿圆清澈的眼睛里，泛出了鲜花一样的微笑。她说："是的，爸爸，我就回去了。"

太阳已照进船头，我站起身，阿圆也站起身。我说："该走了，明天见！"

阿圆说："爸爸，好好休息。"

她先过跳板，我随后也走上斜坡。我仿佛从梦魇中醒来。阿圆病好了！阿圆回来了！

她拉我走上驿道，陪我往回走了几步。她扶着我说："娘，你曾经有一个女儿，现在她要回去了。爸爸叫我回自己家里去。娘……娘……"

她鲜花般的笑容还在我眼前，她温软亲热的一声声"娘"还在我耳边，但是，就在光天化日之下，一晃眼她没有了。就在这一瞬间，我也完全省悟了。

我防止跌倒，一手扶住旁边的柳树，四下里观看，一面低声说："圆圆，阿圆，你走好，带着爸爸妈妈的祝福回去。"我心上盖满了一只一只饱含热泪的眼睛，这时一齐流下泪来。

我的手撑在树上，我的头枕在手上，胸中的热泪直往上涌，直涌到喉头。我使劲咽住，但是我使的劲儿太大，满腔热泪把胸口挣裂了。只听得噼嗒一声，地下石片上掉落下一堆血肉模糊的东西。迎面的寒风，直往我胸口的窟窿里灌。我痛不可忍，忙蹲下把那血肉模糊的东西揉成一团往胸口里塞；幸亏血很多，把滓杂污物都洗干净了。我一手抓紧裂口，另一手压在上面护着，觉得恶心头晕，生怕倒在驿道上，踉踉跄跄，奔回客栈，跨进门，店家正要上闩。

　　我站在灯光下，发现自己手上并没有血污，身上并没有裂口。谁也没看见我有任何异乎寻常的地方。我的晚饭，照常在楼梯下的小桌上等着我。

　　我上楼倒在床上，抱着满腔满腹的痛变了一个痛梦，赶向西山脚下的医院。

　　阿圆屋里灯亮着，两只床都没有了，清洁工在扫地，正把一堆垃圾扫出门去。我认得一只鞋是阿圆的，她穿着进医院的。

　　我听到邻室的小马夫妇的话：“走了，睡着去的，这种病都是睡着去的。”

　　我的梦赶到西石槽。刘阿姨在我女婿家饭间尽头的长柜上坐着淌眼抹泪。我的女婿在自己屋里呆呆地坐着。他妈妈正和一个亲戚细谈阿圆的病，又谈她是怎么去的。她说：钱瑗的病，她本人不知道，驿道上的爹妈当然也不知道。现在，他们也无从通知我们。

46

我的梦不愿留在那边，虽然精疲力竭，却一意要停到自己的老窝里去，安安静静地歇歇。我的梦又回到三里河寓所，停在我自己的床头上消失了。

我睁眼身在客栈。我的心已结成一个疙疙瘩瘩的硬块，居然还能按规律匀匀地跳动。每跳一跳，就牵扯着肚肠一起痛。阿圆已经不在了，我变了梦也无从找到她；我也疲劳得无力变梦了。

驿道上又飘拂着嫩绿的长条，去年的落叶已经给北风扫净。我赶到锺书的船上，他正在等我。他高烧退尽之后，往往又能稍稍恢复一些。

他问我："阿圆呢？"

我在他床前盘腿坐下，扶着床说："她回去了！"

"她什么？？"

"你叫她回自己家里去，她回到她自己家里去了。"

锺书很诧异地看着我，他说："你也看见她了？"

我说："你也看见了。你叫我对她说，叫她回去。"

锺书着重说："我看见的不是阿圆，不是实实在在的阿圆，不过我知道她是阿圆。我叫你去对阿圆说，叫她回去吧。"

"你叫阿圆回自己家里去，她笑眯眯地放心了。她眼睛里泛出笑来，满面鲜花一般的笑，我从没看见她笑得这么美。爸爸叫她回去，她可以回去了，她可以放心了。"

锺书凄然看着我说："我知道她是不放心。她记挂着爸爸，放不下妈妈。我看她就是不放心，她直在抱歉。"

47

老人的眼睛是干枯的，只会心上流泪。锺书眼里是灼热的痛和苦，他黯然看着我，我知道他心上也在流泪。我自以为已经结成硬块的心，又张开几只眼睛，潸潸流泪，把胸中那个疙疙瘩瘩的硬块湿润得软和了些，也光滑了些。

我的手是冰冷的。我摸摸他的手，手心很烫，他的脉搏跳得很急促。锺书又发烧了。

我急忙告诉他，阿圆是在沉睡中去的。我把她的病情细细告诉。她腰痛住院，已经是病的末期，幸亏病转入腰椎，只那一节小骨头痛，以后就上下神经断连，她没有痛感了。她只是希望赶紧病好，陪妈妈看望爸爸，忍受了几次治疗。现在她什么病都不怕了，什么都不用着急了，也不用起早贪黑忙个没完没了了。我说，自从生了阿圆，永远牵心挂肚肠，以后就不用牵挂了。

我说是这么说，心上却牵扯得痛。锺书点头，却闭着眼睛。我知道他心上不仅痛惜圆圆，也在可怜我。

我初住客栈，能轻快地变成一个梦。到这时，我的梦已经像沾了泥的杨花，飞不起来。我当初还想三个人同回三里河。自从失去阿圆，我内脏受伤，四肢也乏力，每天一脚一脚在驿道上走，总能走到船上，与锺书相会。他已骨瘦如柴，我也老态龙钟。他没有力量说话，还强睁着眼睛招待我。我忽然想到第一次船上相会时，他问我还做梦不做。我这时明白了。我曾做过一个小梦，怪他一声不响地忽然走了。他现在故意慢慢儿走，让我一程一程送，尽量多聚聚，把一个小梦拉成一个万里长梦。

这我愿意。送一程，说一声再见，又能见到一面。离别拉得长，是增加痛苦还是减少痛苦呢？我算不清。但是我陪他走得愈远，愈怕从此不见。

杨柳又变成嫩绿的长条，又渐渐黄落，驿道上又满地落叶，一棵棵杨柳又都变成光秃秃的寒柳。

那天我走出客栈，忽见门后有个石礅，和锺书船上的一模一样。我心里一惊。谁上船偷了船上的东西？我摸摸衣袖上的别针，没敢问。

我走着走着，看见迎面来了一男一女。我从没有在驿道上遇见什么过客。女的夹着一条跳板，男的拿着一枝长竹篙，分明是锺书船上的。

我拦住他们说："你们是什么人？这是船上的东西！"

男女两个理都不理，大踏步地往客栈走去。他们大约就是我从未见过的艄公艄婆。

我一想不好，违反警告了。一迟疑间，那两人已走远。我追不上，追上也无力抢他们的东西。

我往前走去，却找不到惯见的斜坡。一路找去，没有斜坡，也没有船。前面没有路了。我走上一个山坡，拦在面前的是一座乱山。太阳落到山后去了。

我急着往上爬，想寻找河里的船。昏暗中，能看到河的对岸也是山，河里漂荡着一只小船，一会儿给山石挡住，又看不见了。

我眼前一片昏黑，耳里好像能听到哗哗的水声。山里没有路，我在乱石间拼命攀登，想爬向高处，又不敢远离水声。我摸到石头，就双手扳住了往上跨两步；摸到树干，就抱住了歇下喘口气。风很寒冷，但是我穿戴得很厚，又不停地在使劲。一个人在昏黑的乱山里攀登，时间是漫长的。我是否在山石坳处坐过，是否靠着大树背后歇过，我都模糊了。我只记得前一晚下船时，锺书强睁着眼睛招待我；我说："你倦了，闭上眼，睡吧。"

他说："绛，好好里（即'好生过'）。"

我有没有说"明天见"呢？

晨光熹微，背后远处太阳又出来了。我站在乱山顶上，前面是烟雾蒙蒙的一片云海。隔岸的山，比我这边还要高。被两山锁住的一道河流，从两山之间泻出，像瀑布，发出哗哗水声。

我眼看着一叶小舟随着瀑布冲泻出来，一道光似的冲入茫茫云海，变成了一个小点；看着看着，那小点也不见了。

我但愿我能变成一块石头，屹立山头，守望着那个小点。我自己问自己：山上的石头，是不是一个个女人变成的"望夫石"？我实在不想动了，但愿变成一块石头，守望着我已经看不见的小船。

但是我只变成了一片黄叶，风一吹，就从乱石间飘落下去。我好劳累地爬上山头，却给风一下子扫落到古驿道上，一路上拍打着驿道往回扫去。我抚摸着一步步走过的驿道，一路上都是离情。

还没到客栈，一阵旋风把我卷入半空。我在空中打转，晕眩得闭上眼睛。我睁开眼睛，我正落在往常变了梦歇宿的三里河卧房的床头。不过三里河的家，已经不复是家，只是我的客栈了。

第三部　我一个人思念我们仨

周女仁
公二十四歲
時攝

1934年，鍾書在上海光華大學教英
當時二十四歲。文約是他的得意照
以多年後特揀也贈圓女。

一九三八年攝於巴黎盧森堡公園

一九三六年冬，錢鍾韓來牛津小住，為我們倆攝於牛津大學公園的橋上和橋下。

當時我们租居的房子，门对大学公园。

1938年回國途中，在 Athos II 船上攝。

圆＝五歳

錢瑗二十歲
攝於新北大
中關園26号

1990年，錢瑗在英國Newcastle大學當客座教授.

我们俩争读女兒自英國寄来的家信.

钱瑗和爸爸最"哥们"，
钟书爱说女儿像他.

我們三人各自工作. 各不相扰. 钟书正在
添補他的韋氏大辭典.

我们觉得终於有了一个家.
1981年摄於三里河寓所.

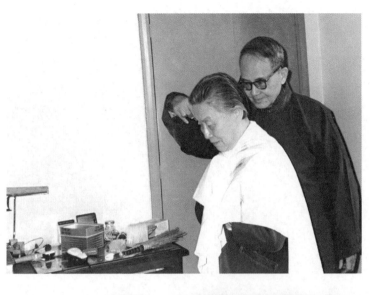

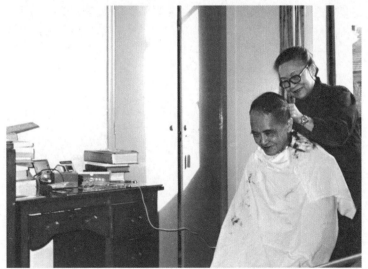

锺书和我互相理发. 我能用电挽子. 他会用剪刀.

三里河寓所，曾是我的家，因为有我们仨。我们仨失散了，家就没有了。剩下我一个，又是老人，就好比日暮途穷的羁旅倦客；顾望徘徊，能不感叹"人生如梦"，"如梦幻泡影"？

　　但是，尽管这么说，我却觉得我这一生并不空虚；我活得很充实，也很有意思，因为有我们仨。也可说：我们仨都没有虚度此生，因为是我们仨。

　　"我们仨"其实是最平凡不过的。谁家没有夫妻子女呢？至少有夫妻二人，添上子女，就成了我们三个或四个五个不等。只不过各家各个样儿罢了。

　　我们这个家，很朴素；我们三个人，很单纯。我们与世无求，与人无争，只求相聚在一起，相守在一起，各自做力所能及的事。碰到困难，锺书总和我一同承当，困难就不复困难；还有个阿瑗相伴相助，不论什么苦涩艰辛的事，都能变得甜润。我们稍有一点快乐，也会变得非常快乐。所以我们仨是不寻常的遇合。

　　现在我们三个失散了。往者不可留，逝者不可追；剩下的这个我，再也找不到他们了。我只能把我们一同生活的岁月，重温一遍，和他们再聚聚。

（一）

一九三五年七月，锺书不足二十五岁，我二十四岁略欠几天，我们结了婚同到英国牛津求学。我们离家远出，不复在父母庇荫之下，都有点战战兢兢；但有两人做伴，可相依为命。

锺书常自叹"拙手笨脚"。我只知道他不会打蝴蝶结，分不清左脚右脚，拿筷子只会像小孩儿那样一把抓。我并不知道其他方面他是怎样的笨，怎样的拙。

他初到牛津，就吻了牛津的地，磕掉大半个门牙。他是一人出门的，下公共汽车未及站稳，车就开了。他脸朝地摔一大跤。那时我们在老金（Mr.King）家做房客。同寓除了我们夫妇，还有住单身房的两位房客，一姓林，一姓曾，都是到牛津访问的医学专家。锺书摔了跤，自己又走回来，用大手绢捂着嘴。手绢上全是鲜血，抖开手绢，落下半枚断牙，满口鲜血。我急得不知怎样能把断牙续上。幸同寓都是医生。他们教我陪锺书赶快找牙医，拔去断牙，然后再镶假牙。

牛津大学的秋季始业（Michaelmas Term）在十月前后。当时还未开学。我们下船后曾在伦敦观光小住，不等学期开始就到牛津了。锺书已由官方为他安排停当，入埃克塞特（Exeter）学院，攻读文学学士（B.Litt）学位。我正在接洽入学事。我打算进不供住宿的女子学院（Home Students），但那里攻读文学的学额已满，要入学，只能修历史。我不愿意。

我曾毫不犹豫地放弃了美国韦斯利女子学院（Wellesley College）的奖学金，因为奖学金只供学费。我的母校校长以为我傻，不敢向父亲争求。其实我爸爸早已答应我了。我只是心疼爸爸负担重，他已年老，我不愿增加他的背累。我指望考入清华研究院，可以公费出国。我居然考上了。可是我们当时的系主任偏重戏剧。外文系研究生没一个专攻戏剧。他说清华外文系研究生都没出息，外文系不设出国深造的公费学额。其实，比我高一级的赵萝蕤和我都是获得奖学金的优秀生；而清华派送出国的公费生中，有两人曾和我在东吴同学，我的学业成绩至少不输他们，我是获得东吴金钥匙奖的。偏我没出息？我暗想：假如我上清华外文系本科，假如我选修了戏剧课，说不定我也能写出一个小剧本来，说不定系主任会把我做培养对象呢。但是我的兴趣不在戏剧而在小说。那时候我年纪小，不懂得造化弄人，只觉得很不服气。既然我无缘公费出国，我就和锺书一同出国，借他的光，可省些生活费。

可是牛津的学费已较一般学校昂贵，还要另交导师费，房租伙食的费用也较高。假如我到别处上学，两人分居，就得两处开销，再加上来往旅费，并不合算。锺书磕掉门牙是意外事；但这类意外，也该放在预算之中。这样一算，他的公费就没多少能让我借光的了。万一我也有意外之需，我怎么办？我爸爸已经得了高血压症。那时候没有降压的药。我离开爸爸妈妈，心上已万分抱愧，我怎能忍心再向他们要钱？我不得已而求其次，只好安于做一个旁听生，听几门课，到大学图书馆（Bodleian）自习。

老金家供一日四餐——早餐、午餐、午后茶和晚餐。我们住一间双人卧房兼起居室，窗临花园，每日由老金的妻女收拾。我既不是正式学生，就没有功课，全部时间都可自己支配。我从没享受过这等自由。我在苏州上大学时，课余常在图书馆里寻寻觅觅，想走入文学领域而不得其门。考入清华后，又深感自己欠修许多文学课程，来不及补习。这回，在牛津大学图书馆里，满室满架都是文学经典，我正可以从容自在地好好补习。

图书馆临窗有一行单人书桌，我可以占据一个桌子。架上的书，我可以自己取。读不完的书可以留在桌上。在那里读书的学生寥寥无几，环境非常清静。我为自己定下课程表，一本一本书从头到尾细读。能这样读书，还有什么不满意的呢？

学期开始后，锺书领得一件黑布背心，背上有两条黑布飘带。他是我国的庚款公费生，在牛津却是自费生（commoner）。自费的男女学生，都穿这种黑布背心。男学生有一只硬的方顶帽子，但谁都不戴。领奖学金的学生穿长袍。女学生都戴软的方顶帽子。我看到满街都是穿学生装的人，大有失学儿童的自卑感，直羡慕人家有而我无份的那件黑布背心。

牛津大学的大课，课堂在大学楼；锺书所属学院的课，课堂借用学院的饭厅，都有好些旁听生。我上的课，锺书都不上。他有他的必修课。他最吃重的是导师和他一对一的课。我一个人穿着旗袍去上课，经常和两三位修女一起坐在课堂侧面的旁听座上，心上充满了自卑感。

锺书说我得福不知。他叫我看看他必修的课程。我看了，自幸不在学校管辖之下。他也叫我看看前两届的论文题目。这也使我自幸不必费这番功夫。不过，严格的训练，是我欠缺的。他呢，如果他也有我这么多自由阅读的时间，准会有更大的收获。反正我们两个都不怎么称心，而他的失望更大。

牛津有一位富翁名史博定（H.N.Spalding）。据说他将为牛津大学设立一个汉学教授的职位。他弟弟K.J.Spalding是汉学家，专研中国老庄哲学。K.J.是牛津某学院（Brasenose College）的驻院研究员（Fellow Don）。富翁请我们夫妇到他家吃茶，劝锺书放弃中国的奖学金，改行读哲学，做他弟弟的助手。他口气里，中国的奖学金区区不足道。锺书立即拒绝了他的建议。以后，我们和他仍有来往，他弟弟更是经常请我们到他那学院寓所去吃茶，借此请教许多问题。锺书对于攻读文学学士虽然不甚乐意，但放弃自己国家的奖学金而投靠外国富翁是决计不干的。

牛津大学的学生，多半是刚从贵族中学毕业的阔人家子弟，开学期间住在各个学院里，一到放假便四散旅游去了。牛津学制每年共三个学期，每学期八周，然后放假六周。第三个学期之后是长达三个多月的暑假。考试不在学期末而在毕业之前，也就是在入学二至四年之后。年轻学生多半临时抱佛脚，平时对学业不当一回事。他们晚间爱聚在酒店里喝酒，酒醉后淘气胡闹，犯校规是经常的事。所以锺书所属的学院里，每个学生有两位导师：一是学业导师，一是品行导师（moral tutor）。如学生淘气出格被拘，由品行导师保释。锺书的品行导师不过经常请我们夫妇吃茶而已。

牛津还有一项必须遵守的规矩。学生每周得在所属学院的食堂里吃四五次晚饭。吃饭，无非证明这学生住校。吃饭比上课更重要。据锺书说，获得优等文科学士学位（B.A.Honours）之后，再吃两年饭（即住校二年，不含假期）就是硕士；再吃四年饭，就成博士。

当时在牛津的中国留学生，大多是获得奖学金或领取政府津贴的。他们假期中也离开牛津，别处走走。唯独锺书直到三个学期之后的暑假才离开。

这在锺书并不稀奇。他不爱活动。我在清华借读半年间，游遍了北京名胜。他在清华待了四年，连玉泉山、八大处都没去过。清华校庆日，全校游颐和园。锺书也游过颐和园，他也

68

游过一次香山，别处都没去过。直到一九三四年春，我在清华上学，他北来看我，才由我带着遍游北京名胜。他作过一组《北游诗》，有"今年破例作春游"句，如今删得只剩一首《玉泉山同绛》了。

牛津的假期相当多。锺书把假期的全部时间投入读书。大学图书馆的经典以十八世纪为界，馆内所藏经典作品，限于十八世纪和十八世纪以前。十九、二十世纪的经典和通俗书籍，只可到市图书馆借阅。那里藏书丰富，借阅限两星期内归还。我们往往不到两星期就要跑一趟市图书馆。我们还有家里带出来的中国经典以及诗、词、诗话等书，也有朋友间借阅或寄赠的书，书店也容许站在书架前任意阅读，反正不愁无书。

我们每天都出门走走，我们爱说"探险"去。早饭后，我们得出门散散步，让老金妻女收拾房间。晚饭前，我们的散步是养心散步，走得慢，玩得多。两种散步都带"探险"性质，因为我们总挑不认识的地方走，随处有所发现。

牛津是个安静的小地方，我们在大街、小巷、一个个学院门前以及公园、郊区、教堂、闹市，一处处走，也光顾店铺。我们看到各区不同类型的房子，能猜想住着什么样的人家；看着闹市人流中的各等人，能猜测各人的身份，并配合书上读到的人物。

牛津人情味重。邮差半路上碰到我们，就把我们的家信交给我们。小孩子就在旁等着，很客气地向我们讨中国邮票。

高大的警察，戴着白手套，傍晚慢吞吞地一路走，一路把一家家的大门推推，看是否关好；确有人家没关好门的，警察会客气地警告。我们回到老金家寓所，就拉上窗帘，相对读书。

开学期间，我们稍多些社交活动。同学间最普通的来往是请吃午后茶。师长总在他们家里请吃午后茶，同学在学院的宿舍里请。他们教锺书和我怎么做茶。先把茶壶温过，每人用满满一茶匙茶叶：你一匙，我一匙，他一匙，也给茶壶一满匙。四人喝茶用五匙茶叶，三人用四匙。开水可一次次加，茶总够浓。

锺书在牛津上学期间，只穿过一次礼服。因为要到圣乔治大饭店赴宴。主人是C.D.Le Gros Clark。他一九三五年曾出版《苏东坡赋》一小册，请锺书写了序文。他得知钱锺书在牛津，特偕夫人从巴黎赶到牛津来相会，请我们夫妇吃晚饭。

我在楼上窗口下望，看见饭店门口停下一辆大黑汽车。有人拉开车门，车上出来一个小小个儿的东方女子。Le Gros Clark夫人告诉我说：她就是万金油大王胡文虎之女。Le Gros Clark曾任婆罗洲总督府高层官员，所以认得。这位胡小姐也在牛津上学。我们只风闻她钻石失窃事。这番有缘望见了一瞥。

当时中国同学有俞大缜、俞大纲姊妹，向达、杨人楩等。我们家的常客是向达。他在伦敦抄敦煌卷子，又来牛津为牛津大学图书馆编中文书目。他因牛津生活费用昂贵，所以寄居休士（E.Hughes)牧师家。同学中还有杨宪益，他年岁小，大家称小杨。

锺书也爱玩，不是游山玩水，而是文字游戏。满嘴胡说打趣，还随口胡诌歪诗。他曾有一首赠向达的打油长诗。头两句形容向达"外貌死的路（still)，内心生的门（sentimental)"——全诗都是胡说八道，他们俩都笑得捧腹。向达说锺书："人家口蜜腹剑，你却是口剑腹蜜。"能和锺书对等玩的人不多，不相投的就会嫌锺书刻薄了。我们和不相投的人保持距离，又好像是骄傲了。我们年轻不谙世故，但是最谙世故、最会做人的同样也遭非议。锺书和我就以此自解。

（二）

老金家的伙食开始还可以，渐渐地愈来愈糟。锺书饮食习惯很保守，洋味儿的不大肯尝试，干酪怎么也不吃。我食量小。他能吃的，我省下一半给他。我觉得他吃不饱。这样下去，不能长久。而且两人生活在一间屋里很不方便。我从来不是啃分数的学生，可是我很爱惜时间，也和锺书一样好读书。他来一位客人，我就得牺牲三两个小时的阅读，勉力做贤妻，还得闻烟臭，心里暗暗叫苦。

我就出花样，想租一套备有家具的房间，伙食自理，膳宿都能大大改善，我已经领过市面了。锺书不以为然，劝我别多事。他说我又不会烧饭，老金家的饭至少是现成的。我们的房间还宽敞，将就着得过且过吧。我说，像老金家的茶饭我相信总能学会。

我按照报纸上的广告，一个人去找房子。找了几处，都远在郊外。一次我们散步"探险"时，我偶见高级住宅区有一个招租告白，再去看又不见了。我不死心，一人独自闯去，先准备好一套道歉的话，就大着胆子去敲门。开门的是女房主达蕾女士——一位爱尔兰老姑娘。她不说有没有房子出租，只把我打量了一番，又问了些话，然后就带我上楼去看房子。

房子在二楼。一间卧房，一间起居室，取暖用电炉。两间屋子前面有一个大阳台，是汽车房的房顶，下临大片草坪和花园。厨房很小，用电灶。浴室里有一套古老的盘旋水管，点燃一个小小的火，管内的水几经盘旋就变成热水流入一个小小的澡盆。这套房子是挖空心思从大房子里分隔出来的，由一座室外楼梯下达花园，另有小门出入。我问明租赁的各项条件，第二天就带了锺书同去看房。

那里地段好，离学校和图书馆都近，过街就是大学公园。住老金家，浴室厕所都公用，谁喜欢公用的呢？预计房租、水电费等种种费用，加起来得比老金家的房租贵。这不怕，只要不超出预算就行，我的预算是宽的。锺书看了房子喜出望外，我们和达蕾女士订下租约，随即通知老金家。我们在老金家过了圣诞节，大约新年前后搬入新居。

我们先在食品杂货商店订好每日的鲜奶和面包。牛奶每晨送到门口，放在门外。面包刚出炉就由一个专送面包的男孩送到家里，正是午餐时。鸡蛋、茶叶、黄油以及香肠、火腿等熟食，鸡鸭鱼肉、蔬菜水果，一切日用食品，店里应有尽有。我们只需到店里去挑选。店里有个男孩专司送货上门；货物装在木匣里，送到门口，放在门外，等下一次送货时再取回空木匣。我们也不用当场付款，要了什么东西都由店家记在一个小账本上，每两星期结一次账。我们上图书馆或傍晚出门"探险"，路过商店，就订购日用需要的食品。店家结了账送来账本，我们立即付账，从不拖欠。店主把我们当老主顾看待。我们如订了陈货，他就说："这是陈货了，过一两天进了新货再给你们送。"有了什么新鲜东西，他也会通知我们。锺书《槐聚诗存》一九五九年为我写的诗里说什么"料量柴米学当家"，无非做了预算，到店里订货而已。

我已记不起我们是怎么由老金家搬入新居的。只记得新居有一排很讲究的衣橱，我怀疑这间屋子原先是一间大卧室的后房。新居的抽屉也多。我们搬家大概是在午后，晚上两人学会了使用电灶和电壶。一大壶水一会儿就烧开。我们借用达蕾租给我们的日用家具，包括厨房用的锅和刀、叉、杯、盘等，对付着吃了晚饭。搬一个小小的家，我们也忙了一整天，收拾衣物，整理书籍，直到夜深。锺书劳累得放倒头就睡着了，我劳累得睡都睡不着。

我们住入新居的第一个早晨，"拙手笨脚"的锺书大显身手。我入睡晚，早上还不肯醒。他一人做好早餐，用一只床上用餐的小桌（像一只稍大的饭盘，带短脚）把早餐直端到我的床前。我便是在酣睡中也要跳起来享用了。他煮了"五分钟蛋"，烤了面包，热了牛奶，做了又浓又香的红茶；这是他从同学处学来的本领，居然做得很好（老金家哪有这等好茶！而且为我们两人只供一小杯牛奶）；还有黄油、果酱、蜂蜜。我从没吃过这么香的早饭！

我们一同生活的日子——除了在大家庭里，除了家有女佣照管一日三餐的时期，除了锺书有病的时候，这一顿早饭总是锺书做给我吃。每晨一大茶瓯的牛奶红茶也成了他毕生戒不掉的嗜好。后来国内买不到印度"立普登"（Lipton）茶叶了，我们用三种上好的红茶叶掺合在一起作替代：滇红取其香，湖红取其苦，祁红取其色。至今，我家里还留着些没用完的三合红茶叶，我看到还能唤起当年最快乐的日子。

我联想起三十多年后，一九七二年的早春，我们从干校回北京不久，北京开始用煤气罐代替蜂窝煤。我晚上把煤炉熄了。早起，锺书照常端上早饭，还熯了他爱吃的猪油年糕，满面得色。我称赞他能熯年糕，他也不说什么，装作若无其事的样儿。我吃着吃着，忽然诧异地说："谁给你点的火呀？"（因为平时我晚

74

上把煤炉封上，他早上打开火门，炉子就旺了。）锺书等着我问呢，他得意地说："我会划火柴了!"这是他生平第一次划火柴，为的是做早饭。

我们搬入达蕾出租的房子，自己有厨房了，锺书就想吃红烧肉。俞大缜、大纲姊妹以及其他男同学对烹调都不内行，却好像比我们懂得一些。他们教我们把肉煮一开，然后把水倒掉，再加生姜、酱油等作料。生姜、酱油都是中国特产，在牛津是奇货，而且酱油不鲜，又咸又苦。我们的厨房用具确是"很不够的"，买了肉，只好用大剪子剪成一方一方，然后照他们教的办法烧。两人站在电灶旁，使劲儿煮——也就是开足电力，汤煮干了就加水。我记不起那锅顽固的犟肉是怎么消缴的了。事后我忽然想起我妈妈做橙皮果酱是用"文火"熬的。对呀，凭我们粗浅的科学知识，也能知道"文火"的名字虽文，力量却比强火大。下一次我们买了一瓶雪利酒（sherry），当黄酒用，用文火炖肉，汤也不再倒掉，只撇去沫子。红烧肉居然做得不错，锺书吃得好快活唷。

我们搬家是冒险，自理伙食也是冒险，吃上红烧肉就是冒险成功。从此一法通，万法通，鸡肉、猪肉、羊肉，用"文火"炖，不用红烧，白煮的一样好吃。我把嫩羊肉剪成一股一股细丝，两人站在电灶旁边涮着吃，然后把蔬菜放在汤里煮来吃。我又想起我曾看见过厨房里怎样炒菜，也学着炒。蔬菜炒的比煮的好吃。

75

一次店里送来了扁豆，我们不识货，一面剥，一面嫌壳太厚、豆太小。我忽然省悟，这是专吃壳儿的，是扁豆，我们焖了吃，很成功。店里还有带骨的咸肉，可以和鲜肉同煮，咸肉有火腿味。熟食有洋火腿，不如我国的火腿鲜。猪头肉，我向来认为"不上台盘"的；店里的猪头肉（bath chap）是制成的熟食，骨头已去净，压成一寸厚的一个圆饼子，嘴、鼻、耳部都好吃，后颈部嫌肥些。还有活虾。我很内行地说："得剪掉须须和脚。"我刚剪得一刀，活虾在我手里抽搐，我急得扔下剪子，扔下虾，逃出厨房，又走回来。锺书问我怎么了。我说："虾，我一剪，痛得抽抽了，以后咱们不吃了吧!"锺书跟我讲道理，说虾不会像我这样痛，他还是要吃的，以后可由他来剪。

我们不断地发明，不断地实验，我们由原始人的烹调渐渐开化，走入文明阶段。

我们玩着学做饭，很开心。锺书吃得饱了，也很开心。他用浓墨给我开花脸，就是在这段时期，也是他开心的表现。

我把做午饭作为我的专职，锺书只当助手。我有时想，假如我们不用吃饭，就更轻松快活了。可是锺书不同意。他说，他是要吃的。神仙煮白石，吃了久远不饿，多没趣呀，他不羡慕。但他作诗却说"忧卿烟火熏颜色，欲觅仙人辟谷方"。电灶并不冒烟，他也不想辟谷。他在另一首诗里说"鹅求四足鳖双裙"，我们却是从未吃过鹅和鳖。锺书笑我死心眼儿，作诗只是作诗而已。

锺书几次对我说，我教你作诗。我总认真说："我不是诗人的料。"我做学生时期，课卷上作诗总得好评，但那是真正的"押韵而已"。我爱读诗，中文诗、西文诗都喜欢，也喜欢和他一起谈诗论诗。我们也常常一同背诗。我们发现，我们如果同把某一字忘了，左凑右凑凑不上，那个字准是全诗最欠妥帖的字；妥帖的字有黏性，忘不了。

那段时候我们很快活，好像自己打出了一个天地。

我们搬入新居之后，我记得一个大雪天，从前的房东老金踏雪赶来，惶惶然报告大事："国王去世了。"英王乔治五世去世是一九三六年早春的事。我们没想到英国老百姓对皇室这么忠心爱戴，老金真的如丧考妣。不久爱德华八世逊位，锺书同院的英国朋友司徒亚（Stuart）忙忙地拿了一份号外，特地赶来报告头条消息。那天也下雪，是当年的冬天。

司徒亚是我家常客，另一位常客是向达。向达嘀咕在休士牧师家天天吃土豆，顿顿吃土豆。我们请他同吃我家不像样的饭。他不安于他所寄居的家，社交最多，常来谈说中国留学生间的是是非非，包括锺书挨的骂。因为我们除了和俞氏姐妹略有来往，很脱离群众。

司徒是同学院同读B.Litt学位的同学，他和锺书最感头痛的功课共两门，一是古文书学（Paleography），一是订书学。课本上教怎样把整张大纸折了又折，课本上画有如何折叠

77

的虚线。但他们俩怎么折也折不对。两人气得告状似的告到我面前，说课本岂有此理。我是女人，对于折纸钉线类事较易理解。我指出他们折反了。课本上画的是镜子里的反映式。两人恍然，果然折对了。他们就拉我一同学古文书学。我找出一支耳挖子，用针尖点着一个个字认。例如"a"字最初是"α"，逐渐变形。他们的考题其实并不难，只要求认字正确，不计速度。考生只需翻译几行字，不求量，但严格要求不得有错，错一字则倒扣若干分。锺书慌慌张张，没看清题目就急急翻译，把整页古文书都翻译了。他把分数赔光，还欠下不知多少分，只好不及格重考。但是他不必担忧，补考准能及格。所以考试完毕，他也如释重负。

我们和达蕾女士约定，假后还要回来，她将给我们另一套稍大的房子，因为另一家租户将要搬走了。我们就把行李寄放她家，轻装出去度假，到伦敦、巴黎"探险"去。

这一学年，该是我生平最轻松快乐的一年，也是我最用功读书的一年，除了想家想得苦，此外可说无忧无虑。锺书不像我那么苦苦地想家。

(三)

我们第一次到伦敦时，锺书的堂弟锺韩带我们参观大英博物馆和几个有名的画廊以及蜡人馆等处。这个暑假他一人骑了一辆自行车旅游德国和北欧，并到工厂实习。锺书只有佩服的份儿。他绝没这等本领，也没有这样的兴趣。他只会可怜巴巴地和我一起"探险"：从寓所到海德公园，又到托特纳姆路的旧书店；从动物园到植物园；从阔绰的西头到东头的贫民窟；也会见了一些同学。

巴黎的同学更多。不记得是在伦敦还是在巴黎，锺书接到政府当局打来的电报，派他做一九三六年"世界青年大会"的代表，到瑞士日内瓦开会。代表共三人，锺书和其他二人不熟。我们在巴黎时，不记得经何人介绍，一位住在巴黎的中国共产党党员王海经请我们吃中国馆子。他请我当"世界青年大会"的共产党代表。我很得意。我和锺书同到瑞士去，有我自己的身份，不是跟去的。

锺书和我随着一群共产党的代表一起行动。我们开会前夕，乘夜车到日内瓦。我们俩和陶行知同一个车厢，三人一夜谈到天亮。陶行知还带我走出车厢，在火车过道里，对着车外的天空，教我怎样用科学方法，指点天上的星星。

"世界青年大会"开会期间，我们两位大代表遇到可溜的会，一概逃会。我们在高低不平、窄狭难走的山路上，"探险"到莱蒙湖边，妄想绕湖一周。但愈走得远，湖面愈广，没法儿走一圈。

重要的会，我们并不溜。例如中国青年向世界青年致辞的会，我们都到会。上台发言的，是共产党方面的代表；英文的讲稿，是钱锺书写的。发言的反映还不错。

我们从瑞士回巴黎，又在巴黎玩了一两个星期。

当时我们有几位老同学和朋友在巴黎大学（Sorbonne）上学，如盛澄华就是我在清华同班上法文课的。据说我们如要在巴黎大学攻读学位，需有两年学历。巴黎大学不像牛津大学有"吃饭制"保证住校，不妨趁早注册入学。所以我们在返回牛津之前，就托盛澄华为我们代办注册入学手续。一九三六年秋季始业，我们虽然身在牛津，却已是巴黎大学的学生了。

达蕾女士这次租给我们的一套房间比上次的像样。我们的澡房有新式大澡盆，不再用那套古老的盘旋管儿。不过热水是电热的，一个月后，我们方知电账惊人，赶忙节约用热水。

我们这一暑假，算是远游了一趟；返回牛津，我怀上孩子了。成了家的人一般都盼个孩子，我们也不例外。好在我当时是闲人，等孩子出世，带到法国，可以托出去。我们知道许多在巴黎上学的女学生有了孩子都托出去，或送托儿所，或寄养乡间。

锺书谆谆嘱咐我："我不要儿子，我要女儿——只要一个，像你的。"我对于"像我"并不满意。我要一个像锺书的女儿。女儿，又像锺书，不知是何模样，很费想象。我们的女儿确实像锺书，不过，这是后话了。

我以为肚里怀个孩子，可不予理睬。但怀了孩子，方知我得把全身最精粹的一切贡献给这个新的生命。在低等动物，新生命的长成就是母体的消灭。我没有消灭，只是打了一个七折，什么都减退了。锺书到年终在日记上形容我："晚，季总计今年所读书，歉然未足……"笑我"以才媛而能为贤妻良母，又欲作女博士……"

锺书很郑重其事，很早就陪我到产院去定下单人病房并请女院长介绍专家大夫。院长问：

"要女的？"（她自己就是专家。普通病房的产妇全由她接生。）

锺书说："要最好的。"

女院长就为我介绍了斯班斯大夫（Dr. Spence）。他家的花园洋房离我们的寓所不远。

斯班斯大夫说，我将生一个"加冕日娃娃"。因为他预计娃娃的生日，适逢乔治六世加冕大典（五月十二日）。但我们的女儿对英王加冕毫无兴趣，也许她并不愿意到这个世界上来。我十八日进产院，十九日竭尽全力也无法叫她出世。大夫为我用了药，让我安然"死"去。

等我醒来，发现自己像新生婴儿般被包在法兰绒包包里，脚后还有个热水袋。肚皮倒是空了，浑身连皮带骨都是痛，动都不能动。我问身边的护士："怎么回事儿？"

护士说："你做了苦工，很重的苦工。"

另一护士在门口探头。她很好奇地问我："你为什么不叫不喊呀？"她眼看我痛得要死，却静静地不吭一声。

我没想到还有这一招，但是我说："叫了喊了还是痛呀。"

她们越发奇怪了。

"中国女人都通达哲理吗？"

"中国女人不让叫喊吗？"

护士抱了娃娃来给我看，说娃娃出世已浑身青紫，是她拍活的。据说娃娃是牛津出生的第二个中国婴儿。我还未十分清醒，无力说话，又昏昏睡去。

锺书这天来看了我四次。我是前一天由汽车送进产院的。我们的寓所离产院不算太远，但公交车都不能到达。锺书得横越几道平行的公交车路，所以只好步行。他上午来，知道得了一个女儿，医院还不让他和我见面。第二次来，知道我上了闷药，还没醒。第三次来见到了我；我已从法兰绒包包里解放出来，但是还昏昏地睡，无力说话。第四次是午后茶之后，我已清醒。护士特为他把娃娃从婴儿室里抱出来让爸爸看。

锺书仔仔细细看了又看，看了又看，然后得意地说："这是我的女儿，我喜欢的。"

阿圆长大后，我把爸爸的"欢迎辞"告诉她，她很感激。因为我当时还从未见过初生的婴儿，据我的形容，她又丑又怪。我得知锺书是第四次来，已来来回回走了七趟，怕他累坏了，嘱他坐汽车回去吧。

阿圆懂事后，每逢生日，锺书总要说，这是母难之日。可是也难为了爸爸，也难为了她本人。她是死而复苏的。她大概很不愿意，哭得特响。护士们因她啼声洪亮，称她Miss Sing High，译意为"高歌小姐"，译音为"星海小姐"。

单人房间在楼上。如天气晴丽，护士打开落地长窗，把病床拉到阳台上去。我偶曾见到邻室两三个病号。估计全院的单人房不过六七间或七八间。护士服侍周到。我的卧室是阿圆的餐室，每日定时护士把娃娃抱来吃我，吃饱就抱回婴儿室。那里有专人看管，不穿白大褂的不准入内。

一般住单人房的住一星期或十天左右，住普通病房的只住五到七天，我却住了三个星期又二天。产院收费是一天一几尼（guinea——合1.05英镑，商店买卖用"镑"计算，但导师费、医师费、律师费等都用"几尼"），产院床位有限，单人房也不多，不欢迎久住。我几次将出院又生事故，产院破例让我做了一个很特殊的病号。

出院前两天，护士让我乘电梯下楼参观普通病房 —— 一个统房间，三十二个妈妈，三十三个娃娃，一对是双生。护士让我看一个个娃娃剥光了过磅，一个个洗干净了又还给妈妈。娃娃都躺在睡篮里，挂在妈妈床尾。我很羡慕娃娃挂在床尾，因为我只能听见阿圆的哭声，却看不到她。护士教我怎样给娃娃洗澡穿衣。我学会了，只是没她们快。

锺书这段时期只一个人过日子，每天到产院探望，常苦着脸说："我做坏事了。"他打翻了墨水瓶，把房东家的桌布染了。我说："不要紧，我会洗。"

"墨水呀！"

"墨水也能洗。"

他就放心回去。然后他又做坏事了，把台灯砸了。我问明是怎样的灯，我说："不要紧，我会修。"他又放心回去。下一次他又满面愁虑，说是把门轴弄坏了，门轴两头的门球脱落了一个，门不能关了。我说："不要紧，我会修。"他又放心回去。

我说"不要紧"，他真的就放心了。因为他很相信我说的"不要紧"。我们在伦敦"探险"时，他颧骨上生了一个疔。我也很着急。有人介绍了一位英国护士，她教我做热敷。我安慰锺书说："不要紧，我会给你治。"我认认真真每几小时为他做一次热敷，没几天，我把粘在纱布上的末一丝脓连根拔去，脸上没留下一点疤痕。他感激之余，对我说的"不要紧"深信不疑。我住产院时他做的种种"坏事"，我回寓后，真的全都修好。

锺书叫了汽车接妻女出院，回到寓所。他炖了鸡汤，还剥了碧绿的嫩蚕豆瓣，煮在汤里，盛在碗里，端给我吃。钱家的人若知道他们的"大阿官"能这般伺候产妇，不知该多么惊奇。

锺书顺利地通过了论文口试。同届一位留学牛津的庚款生，

84

口试后很得意地告诉锺书说："考官们只提了一个问题，以后就没有谁提问了。"不料他的论文还需重写。锺书同学院的英国朋友，论文口试没能通过，就没得学位。锺书领到一张文学学士（B.Litt）文凭。他告别牛津友好，摒挡行李，一家三口就前往法国巴黎。

（四）

我们的女儿已有名有号。祖父给她取名健汝，又因她生肖属牛，他起了一个卦，"牛丽于英"，所以号丽英。这个美丽的号，我们不能接受，而"钱健汝"叫来拗口，又叫不响。我们随时即兴，给她种种诨名，最顺口的是圆圆，圆圆成了她的小名。

圆圆出生后的第一百天，随父母由牛津乘火车到伦敦，换车到多佛（Dover）港口，上渡船过海，到法国加来（Calais）港登陆，入法国境，然后乘火车到巴黎，住入朋友为我们在巴黎近郊租下的公寓。

圆圆穿了长过半身的婴儿服，已是个蛮漂亮的娃娃。一位伦敦上车的中年乘客把熟睡的圆圆细细端详了一番，用双关语恭维说，"a China baby"（一个中国娃娃），也可解作"a china baby"（一个瓷娃娃），因为中国娃娃肌理细腻，像瓷。

我们很得意。

我因锺书不会抱孩子，把应该手提的打字机之类都塞在大箱子里结票。他两手提两只小提箱，我抱不动娃娃的时候可和他换换手。渡轮抵达法国加来，港口管理人员上船，看见我抱着个婴儿立在人群中，立即把我请出来，让我抱着阿圆优先下船。满船渡客排成长队，挨次下船。我第一个到海关，很悠闲地认出自己的一件件行李。锺书随后也到了。海关人员都争看中国娃娃，行李一件也没查。他们表示对中国娃娃的友好，没打开一只箱子，笑嘻嘻地一一画上"通过"的记号。我觉得法国人比英国人更关心并爱护婴儿和母亲。

公寓的主人咖淑夫人（Madame Caseau）是一名退休的邮务员。她用退休金买下一幢房子出租，兼供部分房客的一日三餐。伙食很便宜，却又非常丰盛。她是个好厨司，做菜有一手。她丈夫买菜不知计较，买了鱼肉，又买鸡鸭。饭摆在她家饭间里，一大桌，可坐十数人，男女都是单身房客。我们租的房间有厨房，可是我们最初也包饭。替我们找到这所公寓的是留学巴黎大学的盛澄华。他到火车站来接，又送我们到公寓。公寓近车站，上车五分钟就到巴黎市中心了。

巴黎的中国学生真不少，过境观光的旅客不算，留学欧美而来巴黎度假的就很多。我们每出门，总会碰到同学或相识。当时寄宿巴黎大学宿舍"大学城"（Cité Universitaire）的学生，有一位H小姐住美国馆，一位T小姐住英国馆，盛澄华住瑞士馆。

其他散居巴黎各区。我们经常来往的是林藜光、李玮夫妇。李玮是清华同学，中文系的，能作诗填词，墨笔字写得很老练。林藜光专攻梵文，他治学严谨，正在读国家博士。他们有一个儿子和我们的女儿同年同月生。

李玮告诉我说，某某等同学的孩子送入托儿所，生活刻板，吃、喝、拉、撒、睡都按规定的时间。她舍不得自己的孩子受这等训练。我也舍不得。

我们对门的邻居是公务员太太，丈夫早出晚归。她没有孩子，常来抱圆圆过去玩。她想把孩子带到乡间去养，对我们说：乡间空气好，牛奶好，菜蔬也好。她试图说服我把孩子交托给她带到乡间去。她说：我们去探望也很方便。

如果这是在孩子出生之前，我也许会答应。可是孩子怀在肚里，倒不挂心，孩子不在肚里了，反叫我牵心挂肠，不知怎样保护才妥当。对门太太曾把圆圆的小床挪入她的卧房，看孩子能否习惯。圆圆倒很习惯，乖乖地睡到老晚，没哭一声。锺书和我两个却通宵未眠。他和我一样的牵心挂肠。好在对门太太也未便回乡，她丈夫在巴黎上班呢。她随时可把孩子抱过去玩。我们需一同出门的时候，就托她照看。当然，我们也送她报酬。

锺书通过了牛津的论文考试，如获重赦。他觉得为一个学位赔掉许多时间，很不值当。他白费功夫读些不必要的功课，想读的许多书都只好放弃。因此他常引用一位曾获牛津文学学士的英国学者对文学学士的评价："文学学士，就是对文学无识无知。"锺书从此不想再读什么学位。我们虽然继续在巴黎大学交费入学，我们只各按自己定的课程读书。巴黎大学的学生很自由。

住在巴黎大学城的两位女士和盛澄华，也都不想得博士学位。巴黎大学博士论文的口试是公开的，谁都可去旁听。他们经常去旁听。考官也许为了卖弄他们汉学精深，总要问些刁难的问题，让考生当场出丑，然后授予博士学位。

真有学问的学者，也免不了这场难堪。花钱由枪手做论文的，老着面皮，也一般得了博士学位。所以林藜光不屑做巴黎大学博士，他要得一个国家博士。可惜他几年后得病在巴黎去世，未成国家博士。

锺书在巴黎的这一年，自己下功夫扎扎实实地读书。法文自十五世纪的诗人维容（Villon）读起，到十八、十九世纪，一家家读将来。德文也如此。他每日读中文、英文，隔日读法文、德文，后来又加上意大利文。这是爱书如命的锺书恣意读书的一年。我们初到法国，两人同读福楼拜（Gustave Flaubert）的《包法利夫人》（*Madame Bovary*），他的生字比我多。但一年以后，他的法文水平远远超过了我，我恰如他《围城》里形容的某太太"生小孩儿都忘了"。

我们交游不广，但巴黎的中国留学生多，我们经常接触到一个小圈子的人，生活也挺热闹。

向达也到了巴黎，他仍是我家的常客。林藜光好客，李玮能烹调，他们家经常请客吃饭。T小姐豪爽好客，也经常请客。H小姐是她的朋友，比她更年轻貌美。H小姐是盛澄华的意中人。盛澄华很羡慕我们夫妻同学，也想结婚。可是H小姐还没有表示同意。有一位由汪精卫资助出国留学的哲学家正在追T小姐。追求T小姐的不止一人，所以，仅我提到的这几个人，就够热闹的。我们有时在大学城的餐厅吃饭，有时在中国餐馆吃饭。

哲学家爱摆弄他的哲学家架式，宴会上总喜欢出个题目，叫大家"思索"回答。有一次他说："哎，咱们大家说说，什么是自己最向往的东西，什么是最喜爱的东西。"T小姐最向往的是"光明"，最喜爱的是"静"。这是哲学家最赞许的答案。最糟糕的是另一位追求T小姐的先生。我忘了他向往什么，他最喜欢的东西——他用了三个法国字，组成一个猥亵词，相当于"他妈的"（我想他是故意）。这就难怪T小姐鄙弃他而嫁给哲学家了。

我们两个不合群，也没有多余的闲工夫。咖淑夫人家的伙食太丰富，一道一道上，一餐午饭可消磨两个小时。我们爱惜时间，伙食又不合脾胃，所以不久我们就自己做饭了。锺书赶集市，练习说法语；在房东餐桌上他只能旁听。我们用大锅把鸡和暴腌的咸肉同煮，加平菇、菜花等蔬菜。我喝汤，他吃肉，圆圆吃我。咖淑夫人教我做"出血牛肉"（boeuf saignant），我们把鲜红的血留给圆圆吃。她还吃面包蘸蛋黄，也吃空心面，养得很结实，很快地从一个小动物长成一个小人儿。

我把她肥嫩的小手小脚托在手上细看，骨骼造型和锺书的手脚一样一样，觉得很惊奇。锺书闻闻她的脚丫丫，故意做出恶心呕吐的样儿，她就笑出声来。她看到镜子里的自己，会认识是自己。她看到我们看书，就来抢我们的书。我们为她买一只高凳，买一本大书——丁尼生（Alfred Tennyson）的全集，字小书大，没人要，很便宜。她坐在高凳里，前面摊一本大书，手里拿一支铅笔，学我们的样，一面看书一面在书上乱画。

锺书给他朋友司徒亚的信上形容女儿顽劣，地道是锺书的夸张。其实女儿很乖。我们看书，她安安静静自己一人画书玩。有时对门太太来抱她过去玩。我们买了推车，每天推她出去。她最早能说的话是"外外"，要求外边去。

我在牛津产院时，还和父母通信，以后就没有家里的消息，从报纸上得知家乡已被日军占领，接着从上海三姐处知道爸爸带了苏州一家人逃难避居上海。我们迁居法国后，大姐姐来过几次信。我总觉得缺少了一个声音，妈妈怎么不说话了？过了年，大姐姐才告诉我：妈妈已于去年十一月间逃难时去世。这是我生平第一次遭遇的伤心事，悲苦得不知怎么好，只会恸哭，哭个没完。锺书百计劝慰，我就狠命忍住。我至今还记得当时的悲苦。

但是我没有意识到，悲苦能任情啼哭，还有锺书百般劝慰，我那时候是多么幸福。

我自己才做了半年妈妈，就失去了自己的妈妈。常言"女儿做母亲，便是报娘恩"。我虽然尝到做母亲的艰辛，我没有报得娘恩。

我们为国为家，都十分焦虑。奖学金还能延期一年，我们都急要回国了。当时巴黎已受战事影响，回国的船票很难买。我们辗转由里昂大学为我们买得船票，坐三等舱回国。那是一九三八年的八月间。

（五）

我们出国乘英国邮船二等舱，伙食非常好。回国乘三等舱，伙食差多了。圆圆刚断奶两个月，船上二十多天，几乎顿顿吃土豆泥。上船时圆圆算得一个肥硕的娃娃，下船时却成了个瘦弱的孩子。我深恨自己当时疏忽，没为她置备些奶制品，辅佐营养。我好不容易喂得她胖胖壮壮，到上海她不胖不壮了。

锺书已有约回清华教书，我已把他的书本笔记和衣物单独分开。船到香港，他就上岸直赴昆明西南联大（清华当时属西南联大）。他只身远去，我很不放心。圆圆眼看着爸爸坐上小渡船离开大船，渐去渐远，就此不回来了，她直发呆。她还不会说话，我也无法和她解释。船到上海，我由锺书的弟弟和另一亲戚接到钱家。我们到辣斐德路钱家，已是黄昏时分。我见到了公公（我称爹爹）、婆婆（我称唔娘）、叔父（我称小叔叔）、婶母（我称四婶婶），以及妯娌、小叔子、小姑子等。

圆圆在船上已和乘客混熟了，这时突然面对一屋子生人，而亲人又只剩了妈妈一个，她的表现很不文明。她并不扑在妈妈身上躲藏，只对走近她的人斩绝地说"non non！"（我从未教过她法语），然后像小狗般低吼"ｒ ｒ ｒ ｒ ｒ……"卷的是小舌头（我也从不知道她会卷小舌头）。这大概是从"对门太太"处学来的，或是她自己的临时应付。她一岁零三个多月了，不会叫人，不会说话，走路只会扶着墙横行，走得还很快。这都证明我这个书呆子妈妈没有管教。

大家把她的低吼称作"打花舌头"，觉得新奇，叫她再"打个花舌头"，她倒也懂，就再打个花舌头。不过，她原意是示威，不是卖艺，几天以后就不肯再表演，从此她也不会"打花舌头"了。钱家的长辈指出，她的洋皮鞋太硬，穿了像猩猩穿木屐；给她换上软鞋，果然很快就能走路了。

她从小听到的语言，父母讲的是无锡话，客人讲国语，"对门太太"讲法语，轮船上更是嘈杂，她不知该怎么说话。但是没过多久，她听了清一色的无锡话，很快也学会了说无锡话。

我在钱家过了一夜就带着圆圆到我爸爸处去，见了爸爸和姐妹等。圆圆大约感觉到都是极亲的人，她没有"吼"，也没喊"non non"。当时，钱家和我爸爸家都逃难避居上海孤岛，居处都很逼仄。我和圆圆有时挤居钱家，有时挤居爸爸家。

锺书到昆明西南联大报到后，曾回上海省视父母，并送爹爹上船（由吴忠匡陪同前往蓝田师院），顺便取几件需要的衣物。他没有勾留几天就匆匆回昆明去。

我有个姨表姐，家住上海霞飞路来德坊，她丈夫在内地工作。她得知我爸爸租的房子不合适，就把她住的三楼让给我爸爸住，自己和婆婆妯娌同住二楼。她的妈妈（我的三姨妈）住在她家四楼。

我爸爸搬家后，就接我和圆圆过去同住。我这才有了一个安身之处。我跟着爸爸住在霞飞路来德坊，和钱家住的辣斐德路很近。我常常带着圆圆，到钱家去"做媳妇"（我爸爸的话）。

我母校振华女中的校长因苏州已沦陷，振华的许多学生都逃难避居上海，她抓我帮她在孤岛筹建分校。同时，我由朋友介绍，为广东富商家一位小姐做家庭教师，教高中一年级的全部功课（包括中英文数理等——我从一年级教到三年级毕业）。我常常一早出门，饭后又出门，要到吃晚饭前才回家。

爸爸的家，由大姐姐当家。小妹妹杨必在工部局女中上高中，早出晚归。家有女佣做饭、洗衣、收拾，另有个带孩子的小阿姨带圆圆。小阿姨没找到之前，我爸爸自称"奶公"，相当于奶妈。圆圆已成为爸爸家的中心人物。我三姐姐、七妹妹经常带着孩子到爸爸家聚会，大家都把圆圆称作"圆圆头"（爱称）。

圆圆得人怜，因为她乖，说得通道理，还管得住自己。她回到上海的冬天（一九三八年）出过疹子。一九三九年春天又得了痢疾，病后肠胃薄弱，一不小心就吃坏肚子。只要我告诉她什么东西她不能吃，她就不吃。她能看着大家吃，一人乖乖地在旁边玩，大家都习以为常了。一次，我的阔学生送来大篓的白沙枇杷。吃白沙枇杷，入口消融，水又多，听着看着都会觉得好吃。圆圆从没吃过。可是我不敢让她吃，只安排她一人在旁边玩。忽见她过来扯扯我的衣角，眼边挂着一滴小眼泪。吃的人都觉得惭愧了。谁能见了她那滴小眼泪不心疼她呢。

这年（一九三九年）暑假，锺书由西南联大回上海。辣斐德路钱家还挤得满满的。我爸爸叫我大姐姐和小妹妹睡在他的屋里，腾出房间让锺书在来德坊过暑假。他住在爸爸这边很开心。

我表姐的妯娌爱和婆婆吵架，每天下午就言来语去。我大姐姐听到吵架，就命令我们把卧房的门关上，怕表姐面上不好看。可是锺书耳朵特灵，门开一缝，就能听到全部对话。婆媳都口角玲珑，应对敏捷。锺书听到精彩处，忙到爸爸屋里去学给他们听。大家听了非常欣赏，大姐姐竟解除了她的禁令。

锺书虽然住在来德坊，他每晨第一事就是到辣斐德路去。当时，筹建中的振华分校将近开学。我的母校校长硬派我当校长，说是校董会的决定。她怕我不听话，已请孟宪承先生到教育局立案。我只能勉为其难，像爸爸形容的那样"狗耕田"。开学前很忙，我不能陪锺书到钱家去。

有一天，锺书回来满面愁容，说是爹爹来信，叫他到蓝田去，当英文系主任，同时可以侍奉父亲。我认为清华这份工作不易得。他工作未满一年，凭什么也不该换工作。锺书并不愿意丢弃清华的工作。但是他妈妈、他叔父、他的弟弟妹妹等全都主张他去。他也觉得应当去。我却觉得怎么也不应当去，他该向家人讲讲不当去的道理。

我和锺书在出国的轮船上曾吵过一架。原因只为一个法文"bon"的读音。我说他的口音带乡音。他不服，说了许多伤感情的话。我也尽力伤他。然后我请同船一位能说英语的法国夫人公断。她说我对、他错。我虽然赢了，却觉得无趣，很不开心。锺书输了，当然也不开心。常言："小夫妻船头上相骂，船杪上讲和。"我们觉得吵架很无聊，争来争去，改变不了读音的定规。我们讲定，以后不妨各持异议，不必求同。但此后几年来，我们并没有各持异议。遇事两人一商量，就决定了，也不是全依他，也不是全依我。我们没有争吵的必要。可是这回我却觉得应该争执。

我等锺书到了钱家去，就一一告诉爸爸，指望听爸爸怎么说。可是我爸爸听了脸上漠无表情，一言不发。我是个乖女儿。爸爸的沉默启我深思。我想，一个人的出处去就，是一辈子的大事，当由自己抉择，我只能陈说我的道理，不该干预；尤其不该强他反抗父母。我记起我们夫妇早先制订的约，决计保留自己的见解，不勉强他。

我抽空陪锺书同到辣斐德路去。一到那边，我好像一头撞入天罗地网，也好像孙猴儿站在如来佛手掌之上。他们一致沉默；而一致沉默的压力，使锺书没有开口的余地。我当然什么也没说，只是照例去"做媳妇"而已。可是我也看到了难堪的脸色，尝到难堪的沉默。我对锺书只有同情的份儿了。我接受爸爸无语的教导，没给锺书增加苦恼。

锺书每天早上到辣斐德路去"办公"——就是按照爹爹信上的安排办事，有时还到老远的地方找人。我曾陪过他一两次。锺书在九月中给清华外语系主任叶公超先生写了信，叶先生未有回答。十月初旬，他就和蓝田师院的新同事结伴上路了。

锺书刚离开上海，我就接到清华大学的电报，问锺书为什么不回复梅校长的电报。可是我们并未收到过梅校长的电报呀。锺书这时正在路上，我只好把清华的电报转寄蓝田师院，也立即回复了一个电报给清华，说明并未收到梅电（我的回电现还存在清华的档案中）。他在路上走了三十四天之后，才收到我寄的信和转的电报。他对梅校长深深感激，不仅发一个电报，还来第二个电报问他何以不复。他自己无限抱愧，清华破

96

格任用他，他却有始无终，任职不满一年就离开了。他实在是万不得已。偏偏他早走了一天，偏偏电报晚到一天。造化弄人，使他十分懊恼。

两年以后，陈福田迟迟不发聘书，我们不免又想起那个遗失的电报。电报会遗失吗？好像从来没有这等事。我们对这个遗失的电报深有兴趣。如果电报不是遗失，那么，第二个电报就大有文章。可惜那时候《吴宓日记》尚未出版。不过我们的料想也不错。陈福田拖延到十月前后亲来聘请时，锺书一口就辞谢了。陈未有一语挽留。

我曾问锺书："你得罪过叶先生吗？"他细细思索，斩绝地说："我没有。"他对几位恩师的崇拜，把我都感染了。他就像我朋友蒋恩钿带我看清华图书馆一样地自幸又自豪。可是锺书"辞职别就"——到蓝田去做系主任，确实得罪了叶先生。叶先生到上海遇见袁同礼，叶先生说："钱锺书这么个骄傲的人，肯在你手下做事啊？"有美国友人胡志德向叶先生问及钱锺书，叶先生说："不记得有这么个人。"后来又说："他是我一手教出来的学生。"叶先生显然对钱锺书有气。但他生钱锺书的气，完全在情理之中。锺书放弃清华而跳槽到师院去当系主任，会使叶先生误以为锺书骄傲，不屑在他手下工作。

我根据清华大学存档的书信，写过一篇《钱锺书离开西南联大的实情》。这里写的实情更加亲切，也更能说明锺书信上的"难言之隐"。

锺书离上海赴蓝田时,我对他说,你这次生日,大约在路上了,我只好在家里为你吃一碗生日面了。锺书半路上作诗《耒阳晓发是余三十初度》,他把生日记错了,我原先的估计也错了。他的生日,无论按阳历或阴历,都在到达蓝田之后。"耒阳晓发"不知是哪一天,反正不是生日。

锺书一路上"万苦千辛",走了三十四天到达师院。他不过是听从严命。其实,"严命"的骨子里是"慈命"。爹爹是非常慈爱的父亲。他是传统家长,照例总摆出一副严父的架式训斥儿子。这回他已和儿子阔别三年,锺书虽曾由昆明赶回上海亲送爹爹上船,只匆匆见得几面。他该是想和儿子亲近一番,要把他留在身边。"侍奉"云云只是说说而已,因为他的学生兼助手吴忠匡一直侍奉着他。吴忠匡平时睡在老师后房,侍奉得很周到。爹爹不是没人侍奉。

爹爹最宠的不是锺书,而是最小的儿子。无锡乡谚"天下爷娘护小儿"。锺书是长子;对长子,往往责望多于宠爱。锺书自小和嗣父最亲。嗣父他称伯伯。伯伯好比是他的慈母而爹爹是他的严父。锺书虚岁十一,伯伯就去世了。我婆婆一辈子谨慎,从不任情,长子既已嗣出,她决不敢拦出来当慈母。奶妈("痴姆妈")只把"大阿官"带了一年多就带锺书的二弟和三弟,她虽然最疼大阿官,她究竟只是一个"痴姆妈"。作嗣母的,对孩子只能疼,不能管,而孩子也不会和她亲。锺书自小缺少一位慈母,这对于他的性情和习惯都深有影响。

锤书到了蓝田，经常亲自为爹爹炖鸡，他在国外学会了这一手。有同事在我公公前夸他儿子孝顺。我公公说："这是口体之养，不是养志。"那位先生说："我倒宁愿口体之养。"可是爹爹总责怪儿子不能"养志"。锤书写信把这话告诉我，想必是心上委屈。

爹爹是头等大好人，但是他对人情世故远不如小叔叔精明练达。他对眼皮下的事都完全隔膜。例如他好吹诩"儿子都不抽香烟"。不抽烟的只锤书一个，锤书的两个弟弟都抽。他们见了父亲就把手里的烟卷往衣袋里藏，衣服都烧出窟窿来。爹爹全不知晓。

他关心国是，却又天真得不识时务。他为国民党人办的刊物写文章，谈《孙子兵法》，指出蒋介石不懂兵法而毛泽东懂得孙子兵法，所以蒋介石敌不过毛泽东。他写好了文章，命吴忠匡挂号付邮。

吴忠匡觉得"老夫子"的文章会闯祸，急忙找"小夫子"商量。锤书不敢诤谏，诤谏只会激起反作用。他和吴忠匡就把文章里臧否人物的都删掉，仅留下兵法部分。文章照登了。爹爹发现文章删节得所余无几，不大高兴，可是他以为是编辑删的，也就没什么说的。

锤书和我不在一处生活的时候，给我写信很勤，还特地为我记下详细的日记，所以，他那边的事我大致都知道。

（六）

这次锺书到蓝田去，圆圆并未发呆。假期中他们俩虽然每晚一起玩，"猫鼠共跳踉"，圆圆好像已经忘了渡船上渐去渐远渐渐消失的爸爸。锺书虽然一路上想念女儿，女儿好像还不懂得想念。

她已经会自己爬楼梯上四楼了。四楼上的三姨和我们很亲，我们经常上楼看望她。表姐的女儿每天上四楼读书。她比圆圆大两岁，读上下两册《看图识字》。三姨屋里有一只小桌子，两只小椅子。两个孩子在桌子两边对面坐着，一个读，一个旁听。那座楼梯很宽，也平坦。圆圆一会儿上楼到三姨婆家去旁听小表姐读书，一会儿下楼和外公做伴。

我看圆圆这么羡慕《看图识字》，就也为她买了两册。那天我晚饭前回家，大姐三姐和两个妹妹都在笑，叫我"快来看圆圆头念书"。她们把我为圆圆买的新书给圆圆念。圆圆立即把书倒过来，从头念到底，一字不错。她们最初以为圆圆是听熟了背的。后来大姐姐忽然明白了，圆圆每天坐在她小表姐对面旁听，她认的全是颠倒的字。那时圆圆整两岁半。我爸爸不赞成太小的孩子识字，她识了颠倒的字，慢慢地自会忘记。可是大姐姐认为应当纠正，特地买了一匣方块字教她。

我大姐最严，不许当着孩子的面称赞孩子。但是她自己教圆圆，就把自己的戒律忘了。她叫我"来看圆圆头识字"。她把四个方块字嵌在一块铜片上，叫声"圆圆头，来识字"。圆圆已能很自在地行走，一个小人儿在地下走，显得房间很大。她走路的姿态特像锺书。她走过去听大姨教了一遍，就走开了，并不重复读一遍。大姐姐完全忘了自己的戒律，对我说："她只看一眼就认识了，不用温习，全记得。"

我二姐比大姐小四岁，妈妈教大姐方块字，二姐坐在妈妈怀里，大姐识的字她全认得。爸爸在外地工作，回家得知，急得怪妈妈胡闹，把孩子都教笨了。妈妈说，没教她，她自己认识的。爸爸看了圆圆识字，想是记起了他最宝贝的二姐。爸爸对我说："'过目不忘'是有的。"

抗日战争结束后，我家雇用一个小阿姨名阿菊。她妈妈也在上海帮佣，因换了人家，改了地址，特写个明信片告诉女儿。我叫阿菊千万别丢失明信片，丢了就找不到妈妈了。阿菊把明信片藏在枕头底下，结果丢失了。她急得要哭，我帮她追忆藏明信片处。圆圆在旁静静地说："我好像看见过，让我想想。"我们等她说出明信片在哪里，她却背出一个地名来——相当长，什么路和什么路口，德馨里八号。我待信不信。姑妄听之，照这个地址寄了信。圆圆记的果然一字不错。她那时八岁多。我爸爸已去世，但我记起了他的话："'过目不忘'是有的。"

所以爸爸对圆圆头特别宠爱。我们姊妹兄弟，没一个和爸爸一床睡过。以前爸爸的床还大得很呢。逃难上海期间，爸爸的床只比小床略宽。午睡时圆圆总和外公睡一床。爸爸珍藏一个用台湾席子包成的小耳枕。那是妈妈自出心裁特为爸爸做的，中间有个窟窿放耳朵。爸爸把宝贝枕头给圆圆枕着睡在脚头。

我家有一部《童谣大观》，四册合订一本（原是三姑母给我和弟弟妹妹各一册）。不知怎么这本书会流到上海，大概是三姐姐带来教她女儿的。当时这本书属于小妹妹阿必。

我整天在"狗耕田"并做家庭教师。临睡有闲暇就和大姐姐小妹妹教圆圆唱童谣。圆圆能背很多。我免得她脱漏字句，叫她用手指点着书背。书上的字相当大，圆圆的小嫩指头一字字点着，恰好合适。没想到她由此认了不少字。

大姐姐教圆圆识字，对她千依百顺。圆圆不是识完一包再识一包，她要求拆开一包又拆一包，她自己从中挑出认识的字来。颠倒的字她都已经颠倒过来了。她认识的字往往出乎大姐姐意料。一次她挑出一个"瞅"字，还拿了《童谣大观》，翻出"嫂嫂出来瞅一瞅"，点着说："就是这个'瞅'。"她翻书翻得很快，用两个指头摘着书页，和锺书翻书一个式样。她什么时候学来的呀？锺书在来德坊度假没时间翻书，也无书可翻，只好读读字典。圆圆翻书像她爸爸，使我很惊奇也觉得很有趣。

辣斐德路钱家住的是沿街房子，后面有一大片同样的楼房，住户由弄堂出入。我大姐有个好友租居弄堂里的五号，房主是她表妹，就是由我父亲帮打官司，承继了一千亩良田的财主。她偶有事会来找我大姐。

一九四〇年的暑假里，一个星期日下午，三姐也在爸爸这边。爸爸和我们姐妹都在我们卧室里说着话。忽然来了一位怪客。她的打扮就和《围城》里的鲍小姐一个模样。她比《围城》电视剧里的鲍小姐个儿高，上身穿个胸罩，外加一个透明的蜜黄色蕾丝纱小坎肩，一条紧身三角裤，下面两条健硕肥白的长腿，脚穿白凉鞋，露出十个鲜红的脚指甲，和嘴上涂的口红是一个颜色，手里拿着一只宽边大草帽。她就是那位大财主。

我爸爸看见这般怪模样，忍着笑，虎着脸，立即抽身到自己屋里去了。阿必也忍不住要笑，跟脚也随着爸爸过去。我陪大姐姐和三姐泡茶招待来客。我坐在桌子这面，客人坐在我对面，圆圆在旁玩。圆圆对这位客人大有兴趣，搬过她的小凳子，放在客人座前，自己坐上小凳，面对客人，仰头把客人仔细端详。这下子激得我三姐忍笑不住，毫不客气地站起身就往我爸爸屋里逃。我只好装作若无其事，过去把圆圆抱在怀里，回坐原处，陪着大姐姐待客。

客人走了，我们姐妹一起洗茶杯上的口红印，倒碟子里带有一圈口红印的香烟头（女佣星期日休假）。我们说"爸爸太不客气了"。我也怪三姐不忍耐着点儿。可是我们都笑得很乐，因为从没见过这等打扮。我家人都爱笑。我们把那位怪客称为"精赤人人"（无锡话，指赤条条一丝不挂的人）。

过不多久，我带了圆圆到辣斐德路"做媳妇"去——就是带些孝敬婆婆的东西，过去看望一下，和妯娌、小姑子说说话。钱家人正在谈论当时沸沸扬扬的邻居丑闻："昨夜五号里少奶奶的丈夫捉奸，捉了一双去，都捉走了。"我知道五号的少奶奶是谁。我只听着，没说什么。我婆婆抱着她的宝贝孙子。他当时是钱家的"小皇帝"，很会闹。阿圆比他大一岁，乖乖地坐在我膝上，一声不响。我坐了一会，告辞回来德坊。

我抱着圆圆出门，她要求下地走。我把她放下地，她对我说："娘，五号里的少奶奶就是'精赤人人'。"这个我知道。但是圆圆怎会知道呢？我问她怎么知道的。她还小，才三岁，不会解释，只会使劲点头说："是的。是的。"几十年后，我旧事重提，问她怎么知道五号里的少奶奶就是"精赤人人"。她说："我看见她搂着个女儿在弄堂口往里走。"

圆圆观察细微，她归纳的结论往往有意想不到的正确。"精赤人人"确有个女儿，但是我从未见过她带着女儿。锺书喜欢"格物致知"。从前我们一同"探险"的时候，他常发挥"格物致知"的本领而有所发现。圆圆搬个小凳子坐在怪客面前细细端详，大概也在"格物致知"，认出这女人就是曾在弄堂口带着个女儿的人。我爸爸常说，圆圆头一双眼睛，什么都看见。但是她在钱家，乖乖地坐在我膝上，一声不响，好像什么都不懂似的。

这年一九四〇年秋杪，我弟弟在维也纳医科大学学成回国，圆圆又多了一个宠爱她的舅舅。弟弟住在我爸爸屋里。

锺书暑假前来信说，他暑假将回上海。我公公原先说，一年后和锺书同回上海，可是他一年后并不想回上海。锺书是和徐燕谋先生结伴同行的，但路途不通，走到半路又折回蓝田。

我知道弟弟即将回家，锺书不能再在来德坊度假，就在辣斐德路弄堂里租得一间房。圆圆将随妈妈搬出外公家。外公和挨在身边的圆圆说："搬出去，没有外公疼了。"圆圆听了大哭。她站在外公座旁，落下大滴大滴热泪，把外公麻纱裤的膝盖全浸透在热泪里。当时我不在场，据大姐姐说，不易落泪的爸爸，给圆圆头哭得也落泪了。锺书回家不成，我们搬出去住了一个月，就退了房子，重返来德坊。我们母女在我爸爸身边又过了一年。我已记不清"精赤人人"到来德坊，是在我们搬出之前，还是搬回以后。大概是搬回之后。

圆圆识了许多字，我常为她买带插图的小儿书。她读得很快，小书不经读，我特为她选挑长的故事。一次我买了一套三册《苦儿流浪记》。圆圆才看了开头，就伤心痛哭。我说这是故事，到结尾苦儿便不流浪了。我怎么说也没用。她看到那三本书就痛哭，一大滴热泪掉在凳上足有五分钱的镍币那么大。

她晚上盼妈妈跟她玩，看到我还要改大叠课卷（因为我兼任高三的英文教师），就含着一滴小眼泪，伸出个嫩拳头，作势打课卷。这已经够我心疼的。《苦儿流浪记》害她这么伤心痛哭，我觉得自己简直在虐待她了。我只好把书藏过，为她另买新书。

我平常看书，看到可笑处并不笑，看到可悲处也不哭。锺书看到书上可笑处，就痴笑个不了，可是我没见到他看书流泪。圆圆看书痛哭，该是像爸爸，不过她还是个软心肠的小孩子呢。多年后，她已是大学教授，却来告诉我这个故事的原作者是谁，译者是谁，苦儿的流浪如何结束，等等，她大概一直关怀着这个苦儿。

（七）

一九四一年暑假，锺书由陆路改乘轮船，辗转回到上海。当时辣斐德路钱家的人口还在增加。一年前，我曾在辣斐德路弄堂里租到一间房，住了一个月，退了。这回，却哪里也找不到房子，只好挤居钱家楼下客堂里。我和圆圆在锺书到达之前，已在辣斐德路住下等他。

锺书面目黧黑，头发也太长了，穿一件夏布长衫，式样很土，布也很粗。他从船上为女儿带回一只外国橘子。圆圆见过了爸爸，很好奇地站在一边观看。她接过橘子，就转交妈妈，只注目看着这个陌生人。两年不见，她好像已经不认识了。她看见爸爸带回的行李放在妈妈床边，很不放心，猜疑地监视着。晚饭后，圆圆对爸爸发话了。

"这是我的妈妈，你的妈妈在那边。"她要赶爸爸走。

锺书很窝囊地笑说："我倒问问你，是我先认识你妈妈，还是你先认识？"

"自然我先认识，我一生出来就认识，你是长大了认识的。"这是圆圆的原话，我只把无锡话改为国语。我当时非常惊奇，所以把她的话一字字记住了。

锺书悄悄地在她耳边说了一句话。圆圆立即感化了似的和爸爸非常友好，妈妈都退居第二了。圆圆始终和爸爸最"哥们"。锺书说的什么话，我当时没问，以后也没想到问，现在已没人可问。他是否说"你一生出来，我就认识你"？是否说"你是我的女儿"？是否说"我是你的爸爸"？我们三个人中间，我是最笨的一个。锺书究竟说了什么话，一下子就赢得了女儿的友情，我猜不出来，只好存疑，只好永远是个谜了。反正他们两个立即成了好朋友。

她和爸爸一起玩笑，一起淘气，一起吵闹。从前，圆圆在辣斐德路乖得出奇，自从爸爸回来，圆圆不乖了，和爸爸没大没小地玩闹，简直变了个样儿。她那时虚岁五岁，实足年龄是四岁零两三个月。她向来只有人疼她，有人管她、教她，却从来没有一个一同淘气玩耍的伴儿。

圆圆去世，六十岁还欠两个多月。去世前一二个月，她躺在病床上还在写《我们仨》。第一节就是《爸爸逗我玩》。现在，我把她的记事，附在卷末。

锺书这次回上海，只准备度个暑假。他已获悉清华决议聘他回校。消息也许是吴宓老师传的。所以锺书已辞去蓝田的职务，准备再回西南联大。《槐聚诗存》一九四一年有《又将入滇怅念若渠》一诗。据清华大学档案，一九四一年三月四日，确有聘请钱锺书回校的记录。据《吴宓日记》，系里通过决议，请锺书回校任教是一九四〇年十一月六日的事，《日记》上说："忌之者明示反对，但卒通过"（《吴宓日记》Ⅶ，258页）。锺书并不知道有"忌之者明示反对"，也不知道当时的系主任是陈福田。

陈福田是华侨，对祖国文化欠根底，锺书在校时，他不过是外语系的一位教师，远不是什么主任。锺书从不称陈福田先生或陈福田，只称F.T.。他和F.T.从无交往。

锺书满以为不日就会收到清华的聘约。"他痴汉等婆娘"似的一等再等，清华杳无消息。锺书的二弟已携带妻子儿女到外地就职，锺书的妹妹已到爹爹身边去，锺书还在等待清华的聘书。

我问锺书：是不是弄错了，清华并没有聘你回校。看样子他是错了。锺书踌躇说，袁同礼曾和他有约，如不便入内地，可到中央图书馆任职。我不知锺书是否给袁同礼去过信。锺书后来曾告诉我，叶先生对袁同礼说他骄傲，但我也不知有何根据。反正清华和袁同礼都杳无音信。

快开学了，锺书觉得两处落空，有失业的危险。他的好友陈麟瑞当时任暨南大学英文系主任，锺书就向陈麟瑞求职。陈说："正好，系里都对孙大雨不满，你来就顶了他。"锺书只闻孙大雨之名，并不相识。但是他决不肯夺取别人的职位，所以一口拒绝了。他接受了我爸爸让给他的震旦女校两个钟点的课。

十月左右，陈福田先生有事来上海。他以清华大学外文系主任的身份，亲来聘请钱锺书回校。清华既已决定聘钱锺书回校，聘书早该寄出了。迟迟不发，显然是不欢迎他。既然不受欢迎，何苦挨上去自讨没趣呢？锺书这一辈子受到的排挤不算少，他从不和对方争执，总乖乖地退让。他客客气气地辞谢了聘请，陈福田完成任务就走了，他们没谈几句话。

我们挤居辣斐德路钱家，一住就是八年。

爹爹经常有家信，信总是写给小儿子的，每信必夸他"持家奉母"。自从锺书回上海，"持家奉母"之外又多了"扶兄"二字。锺书又何须弟弟"扶"呢。爹爹既这么说，他也就认了。他肯委屈，能忍耐。圆圆也肯委屈，能忍耐。我觉得他们都像我婆婆。

我那时已为阔小姐补习到高中毕业，把她介绍给我认识的一位大学助教了。珍珠港事变后，孤岛已沉没，振华分校也解散了。我接了另一个工作，做工部局半日小学的代课教师，薪水不薄，每月还有三斗白米，只是校址离家很远，我饭后赶去上课，困得在公交车上直打盹儿。我业余编写剧本。《称心如意》上演，我还在做小学教师呢。

锺书和震旦女子文理学院的负责人"方凳妈妈"（Mother Thornton）见面之后，校方立即为他增加了几个钟点。他随后收了一名拜门的学生，束脩总随着物价一起上涨。沦陷区生活艰苦，但我们总能自给自足。能自给自足，就是胜利。锺书虽然遭厄运播弄，却觉得一家人同甘共苦，胜于别离。他发愿说："从今以后，咱们只有死别，不再生离。"

锺书的妹妹到了爹爹身边之后，记不起是哪年，大约是一九四四年，锺书的二弟当时携家住汉口，来信报告母亲，说爹爹已将妹妹许配他的学生某某，但妹妹不愿意，常在河边独自徘徊，怕是有轻生之想。（二弟家住处和爹爹住处仅一江之隔，来往极便。）我婆婆最疼的是小儿小女。一般传统家庭，重男轻女。但钱家儿子极多而女儿极少，女儿都是非常宝贝的。据二弟来信，爹爹选择的人并不合适。那人是一位讲师，曾和锺书同事。锺书站在妹妹的立场上，妹妹不愿意，就是不合适。我婆婆只因为他是外地人，就认为不合适。锺书的三弟已携带妻子儿女迁居苏州。三弟往来于苏州、上海之间，这时不在上海。

我婆婆嘱锺书写信劝阻这门亲事。叔父同情我的婆婆，也写信劝阻。他信上极为开明，说家里一对对小夫妻都爱吵架，惟独我们夫妇不吵，可见婚姻还是自由的好。锺书代母亲委婉陈词，说生平只此一女，不愿她嫁外地人，希望爹爹再加考虑。锺书私下又给妹妹写信给她打气，叫她抗拒。不料妹妹不敢自己违抗父亲，就拿出哥哥的信来，代她说话。

爹爹见信很恼火。他一意要为女儿选个好女婿，看中了这位品学兼优的讲师，认为在他培育下必能成才；女儿嫁个书生，"粗茶淡饭足矣"，外地人又怎的？我记不清他回信是一封还是两封，只记得信上说，储安平（当时在师院任职）是自由结婚的，直在闹离婚呢！又讥诮说，现在做父母的，要等待子女来教育了！（这是针对锺书煽动妹妹违抗的话。）爹爹和锺书的信，都是文言的绝妙好辞，可惜我只能撮述，不免欠缺文采。不过我对各方的情绪都稍能了解。

四婶婶最有幽默，笑弯了眼睛私下对我说："乖的没事，憨的又讨骂了。"——"乖的"指养志的弟弟（但他当时不在上海），"憨的"指锺书。其实连"乖的"叔叔也"挨呲儿"了，连累我也"挨呲儿"了。

锺书的妹妹乖乖地于一九四五年八月结了婚。我婆婆解放前夕到了我公公处，就一直和女儿女婿同住。锺书的妹妹生了两个聪明美丽的女儿，还有两个小儿小女我未见过。爹爹一手操办的婚姻该算美满，不过这是后话了。

其实，锺书是爹爹最器重的儿子。爱之深则责之严，但严父的架式掩不没慈父的真情。锺书虽然从小怕爹爹，父子之情还是很诚挚的。他很尊重爹爹，也很怜惜他。

他私下告诉我："爹爹因唔娘多病体弱，而七年间生了四个孩子，他就不回内寝，无日无夜在外书房工作，倦了倒在躺椅里歇歇。江浙战争，乱军抢劫无锡，爷爷的产业遭劫，爷爷欠下一大笔债款。这一大笔债，都是爹爹独力偿还的。"

我问："小叔叔呢？"

锺书说："小叔叔不相干，爹爹是负责人。等到这一大笔债还清，爹爹已劳累得一身是病了。"

我曾听到我公公喊"啊唷哇啦！"，以为碰伤了哪里。锺书说，不是喊痛，是他的习惯语，因为他多年浑身疼痛，不痛也喊"啊唷哇啦"。

爹爹对锺书的训诫，只是好文章，对锺书无大补益。锺书对爹爹的"志"，并不完全赞同，却也了解。爹爹对锺书的"志"并不了解，也不赞许。他们父慈子孝，但父子俩的志趣并不接轨。

锺书的堂弟锺韩和锺书是好兄弟，亲密胜于亲兄弟。一次，锺韩在我们三里河寓所说过一句非常中肯的话。他说："其实啊，倒是我最像三伯伯。"我们都觉得他说得对极了，他是我公公理想的儿子。

（八）

我们沦陷上海，最艰苦的日子在珍珠港事变之后，抗日胜利之前。锺书除了在教会大学教课，又增添了两名拜门学生（三家一姓周、一姓钱、一姓方）。但我们的生活还是愈来愈艰苦。只说柴和米，就大非易事。

日本人分配给市民吃的面粉是黑的，筛去杂质，还是麸皮居半；分配的米，只是粞，中间还杂有白的、黄的、黑的沙子。黑沙子还容易挑出来，黄白沙子，杂在粞里，只好用镊子挑拣。听到沿街有卖米的，不论多贵，也得赶紧买。当时上海流行的歌：

> 粪车是我们的报晓鸡，
> 多少的声音都从它起，
> 前门叫卖菜，
> 后门叫卖米。

随就接上一句叫卖声："大米要吗？"（读如："杜米要哦？"）大米不嫌多。因为吃粞不能过活。

但大米不能生吃，而煤厂总推没货。好容易有煤球了，要求送三百斤，只肯送二百斤。我们的竹篾子煤筐里也只能盛二百斤。有时煤球里掺和的泥太多，烧不着；有时煤球里掺和的煤灰多，太松，一着就过。如有卖木柴的，卖钢炭的，都不能错过。有一次煤厂送了三百斤煤末子，我视为至宝。煤末子是纯煤，比煤球占地少，掺上煤灰，可以自制相当四五百斤煤球的煤饼子。煤炉得搪得腰身细细的，省煤。烧木柴得自制"行灶"，还得把粗大的木柴劈细，敲断。烧炭另有炭炉。煤油和煤油炉也是必备的东西。各种燃料对付着使用。我在小学代课，我写剧本，都是为了柴和米。

锺书的二弟、三弟已先后离开上海，锺书留在上海没个可以维持生活的职业，还得依仗几个拜门学生的束脩，他显然最没出息。

有一个夏天，有人送来一担西瓜。我们认为决不是送我们的，让堂弟们都搬上三楼。一会儿锺书的学生打来电话，问西瓜送到没有。堂弟们忙又把西瓜搬下来。圆圆大为惊奇。这么大的瓜！又这么多！从前家里买西瓜，每买必两担三担。这种日子，圆圆没有见过。她看爸爸把西瓜分送了楼上，自己还留下许多，佩服得不得了。晚上她一本正经地对爸爸说：

"爸爸，这许多西瓜，都是你的！——我呢，是你的女儿。"显然她是觉得"与有荣焉"！她的自豪逗得我们大笑。可怜的锺书，居然还有女儿为他自豪。

圆圆的肠胃可以吃西瓜，还有许多别的东西我也让她吃了。锺书爱逗她，惹她，欺她，每次有吃的东西，总说："Baby no eat."她渐渐听懂了，总留心看妈妈的脸色。一次爸爸说了"Baby no eat"，她看着妈妈的脸，迸出了她自造的第一句英语："Baby yes eat！"她那时约六岁。

胜利前，谣传美军将对上海"地毯式"轰炸，逃难避居上海的人纷纷逃离上海。我父亲于一九四四年早春，带了我大姐以及三姐和姐夫全家老少回苏州庙堂巷老家。

这年暑假，我七妹妹和妹夫携带两个儿子到苏州老家过暑假。

114

我事忙不能脱身，让圆圆跟他们一家同到外公家去。那时圆圆七周岁，在外公家和两个表姐、四个表弟结伴。我老家的后园已经荒芜，一群孩子在荒园里"踢天弄井"，只圆圆斯文。别人爬树，她不敢，站在树下看着。我小时特别淘气，爬树、上屋都很大胆；圆圆生性安静，手脚不麻利，很像锺书自称的"拙手笨脚"。

苏州老家的电线年久失修，电厂已不供电，晚上只好用洋油灯。一群孩子到天黑了都怕鬼，不敢在黑地里行动。圆圆却不知怕惧，表姐表弟都需她保镖。她这来也颇有父风。我是最怕鬼的，锺书从小不懂得怕鬼。他和锺韩早年住无锡留芳声巷，那所房子有凶宅之称。锺韩怕鬼，锺书吓他"鬼来了！"，锺韩吓得大叫"啊！！！！"，又叫又逃，锺书大乐。他讲给我听还洋洋得意。

有一次，我三姐和七妹带一群孩子到观前街玄妙观去玩。忽然圆圆不见了。三姐急得把他们一群人"兵分三路"，分头寻找。居然在玄妙观大殿内找到了她，她正跟着一个道士往大殿里走。道士并没有招她，是她盯着道士"格物致知"呢。她看见道士头发绾在头顶上，以为是个老太婆；可是老太婆又满面髭须，这不就比"精赤人人"更奇怪了吗？她就呆呆地和家人失散了。

姐姐妹妹都怪我老把圆圆抱着搂着，护得孩子失去了机灵。这点我完全承认。我和圆圆走在路上，一定搂着手；上了电车，总让她坐在我身上。圆圆已三四岁了，总说没坐过电车，我以为她不懂事。一次我抱她上了电车，坐下了，我说："这不是电车吗？"她坐在我身上，勾着我脖子在我耳边悄悄地央求："屁股坐。"她要自己贴身坐在车座上，那样才是坐电车。我这才明白她为什么从没坐过电车。

圆圆在苏州的一桩桩表现，都带三分呆气，都不像我而像锺书。

圆圆这次离开苏州回到上海，就没有再见外公。我爸爸于一九四五年三月底在苏州去世，抗日战争尚未结束。

这时期，锺书经常来往的朋友，同辈有陈麟瑞（石华父）、陈西禾、李健吾、柯灵、傅雷、亲如兄长的徐燕谋、诗友冒效鲁等。老一辈赏识他的有徐森玉（鸿宝）、李拔可（宣龚）、郑振铎、李玄伯等，比他年轻的朋友有郑朝宗、王辛迪、宋悌芬、许国璋等。李拔可、郑振铎、傅雷、宋悌芬、王辛迪几位，经常在家里宴请朋友相聚。那时候，和朋友相聚吃饭不仅是赏心乐事，也是口体的享受。

贫与病总是相连的。锺书在这段时期，每年生一场病。圆圆上学一个月，就休学几个月，小学共六年，她从未上足一个学期的课。胜利之后，一九四七年冬，她右手食指骨节肿大，查出是骨结核。当时还没有对症的药。这种病，中医称"流注"或"穿骨流注"，据医书，"发在骨节或骨空处，难痊"。大夫和我谈病情，圆圆都听懂了，回家挂着一滴小眼泪说："我要害死你们了。"我忙安慰她说："你挑了好时候，

116

现在不怕生病了。你只要好好地休息补养，就会好的。"大夫固定了指头的几个骨节，叫孩子在床上休息，不下床，服维生素A、D，吃补养的食品。十个月后，病完全好了。大夫对我说，这是运气。孩子得了这种病，往往转到脚部，又转到头部，孩子就夭折了。圆圆病愈，胖大了一圈。我睡里梦里都压在心上的一块大石头，终于落地。可是我自己也病了，天天发低烧，每月体重减一磅，查不出病因。锺书很焦虑。一九四九年我们接受清华聘约时，他说："换换空气吧，也许换了地方，你的病就好了。"果然，我到清华一年之后，低烧就没有了。

（九）

一九四八年夏，锺书的爷爷百岁冥寿，分散各地的一家人，都回无锡老家聚会。这时锺书、圆圆都不生病了，我心情愉快，随上海钱家人一起回到七尺场老家。

我结婚后只在那里住过十天上下。这次再去，那间房子堆满了烂东西，都走不进人了。我房间里原先的家具：大床、镜台、书桌等，早给人全部卖掉了。我们夫妇和女儿在七尺场钱家只住了一夜，住在小叔叔新盖的楼上。

这次家人相聚，我公公意外发现了他从未放在心上的"女孙健汝"，得意非凡。

他偶在一间厢房里的床上睡着了（他睡觉向来不分日夜）。醒来看见一个女孩子在他脚头，为他掖掖夹被，盖上脚，然后坐着看书。满地都是书。院子里一群孩子都在吵吵闹闹地玩，这女孩子却在静静地看书。我公公就问她是谁。圆圆自报了名字。她在钱家是健汝，但我们仍叫她阿圆，我不知她是怎样报名的。她那时候十一周岁，已读过《西游记》、《水浒》等小说，正在爸爸的引诱、妈妈的教导下读文言的林译小说。她和锺书有同样的习性，到哪里，就找书看。她找到一小柜《少年》。这种杂志她读来已嫌不够味儿，所以一本本都翻遍了，满地是书。

我公公考问了她读的《少年》，又考考她别方面的学问，大为惊奇，好像哥伦布发现了新大陆，认定她是"吾家读书种子也"！从此健汝跃居心上第一位。他曾对锺书的二弟、三弟说：他们的这个那个儿子，资质属某等某等，"吾家读书种子，唯健汝一人耳"。爹爹说话，从不理会对方是否悦耳。这是他说话、写信、作文的一贯作风。

自从一九四五年抗战胜利，锺书辞去了震旦女子文理学院的几个小时课，任中央图书馆英文总纂，编《书林季刊》（*Philobiblon*）；后又兼任暨南大学教授，又兼英国文化委员会（British Council）顾问。《围城》出版后，朋友中又增添了《围城》爱好者。我们的交游面扩大了，社交活动也很频繁。

我们沦陷上海期间，饱经忧患，也见到世态炎凉。我们夫妇常把日常的感受，当作美酒般浅斟低酌，细细品尝。这种滋味值得品尝。因为忧患孕育智慧。锺书曾说："一个人二十不狂没志气，三十犹狂是无识妄人。"他是引用桐城先辈语"子弟二十不狂没出息，三十犹狂没出息"；也是"夫子自道"。

胜利后我们接触到各式各等的人。每次宴会归来，我们总有许多讲究，种种探索。我们把所见所闻，剖析琢磨，"读通"许多人、许多事，长了不少学问。

朱家骅曾是中央庚款留英公费考试的考官，很赏识钱锺书，常邀请锺书到他家便饭——没有外客的便饭。一次朱家骅许他一个联合国教科文的什么职位，锺书立即辞谢了。我问锺书："联合国的职位为什么不要？"他说："那是胡萝卜！"当时我不懂"胡萝卜"与"大棒"相连。压根儿不吃"胡萝卜"，就不受大棒驱使。

锺书每月要到南京汇报工作，早车去，晚上老晚回家。一次他老早就回来了，我喜出望外。他说："今天晚宴，要和'极峰'（蒋介石）握手，我趁早溜回来了。"

胜利的欢欣很短暂，接下是普遍的失望，接下是谣言满天飞，人心惶惶。

锺书的第一个拜门弟子常请老师为他买书。不论什么书，全由老师选择。其实，这是无限制地供老师肆意买书。书上都有锺书写的"借痴斋藏书"，并盖有"借痴斋"图章；因为学生并不读，专供老师借阅的，不是"借痴"吗！锺书蛰居上海期间，买书是他的莫大享受。新书、旧书他买了不少。"文化大革命"中书籍流散，曾有人买到"借痴斋"的书，寄还给锺书。也许上海旧书摊上，还会发现"借痴斋藏书"。藏书中，也包括写苏联铁幕后面的书。我们的阅读面很广。所以"人心惶惶"时，我们并不惶惶然。

郑振铎先生、吴晗同志，都曾劝我们安心等待解放，共产党是重视知识分子的。但我们也明白，对国家有用的是科学家，我们却是没用的知识分子。

我们如要逃跑，不是无路可走。可是一个人在紧要关头，决定他何去何从的，也许总是他最基本的感情。我们从来不唱爱国调。非但不唱，还不爱听。但我们不愿逃跑，只是不愿去父母之邦，撇不开自家人。我国是国耻重重的弱国，跑出去仰人鼻息，做二等公民，我们不愿意。我们是文化人，爱祖国的文化，爱祖国的文字，爱祖国的语言。一句话，我们是倔强的中国老百姓，不愿做外国人。我们并不敢为自己乐观，可是我们安静地留在上海，等待解放。

（十）

解放后，中国面貌一新，成了新中国。不过我们夫妇始终是"旧社会过来的知识分子"。我们也一贯是安分守己、奉公守法的良民。

一九四九年夏，我们夫妇得到清华母校的聘请，于八月廿四日携带女儿，登上火车，廿六日到达清华，开始在新中国工作。

锺书教什么课我已忘记，主要是指导研究生。我是兼任教授，因为按清华旧规，夫妻不能在同校同当专任教授。兼任就是按钟点计工资，工资很少。我自称"散工"。后来清华废了旧规，系主任请我当专任，我却只愿做"散工"。因为我未经改造，未能适应，借"散工"之名，可以逃会。妇女会开学习会，我不参加，因为我不是家庭妇女。教职员开学习会，我不参加，因为我没有专职，只是"散工"。我曾应系里的需要，增添一门到两门课，其实已经够专任的职责了，但是我为了逃避开会，坚持做"散工"，直到"三反"运动。

圆圆已有学名钱瑗。她在爷爷发现"读书种子"之前，只是个无足轻重的女孩子。我们"造反"，不要她排行取名，只把她的小名化为学名。她离开上海时，十二周岁，刚上完初中一年级。她跟父母上火车，一手抱个洋娃娃，一手提个小小的手提袋，里面都是她自己裁剪缝制的洋娃娃衣服。洋娃娃肚子里有几两黄金，她小心抱着。她看似小孩，已很懂事。

到清华后，她打算在清华附中上学，可是学校一定要她从一年级读起。我看到初中学生开会多，午后总开会。阿瑗好不容易刚养好病，午后的休息还很重要，我因此就让她休学，功课由我自己教。阿瑗就帮爸爸做些零星事，如登记学生分数之类。她常会发现些爸爸没看到的细事。例如某某男女学生是朋友，因为两人的课卷都用与众不同的紫墨水。那两人果然是一对朋友，后来结婚了。她很认真地做爸爸的助手。

锺书到清华工作一年后，调任毛选翻译委员会的工作，住在城里，周末回校，仍兼管研究生。毛选翻译委员会的领导是徐永煐同志，介绍锺书做这份工作的是清华同学乔冠华同志。事定之日，晚饭后，有一位旧友特雇黄包车从城里赶来祝贺。客去后，锺书惶恐地对我说："他以为我要做'南书房行走'了。这件事不是好做的，不求有功，但求无过。"

"无功无过"，他自以为做到了。饶是如此，也没有逃过背后扎来的一刀子。若不是"文化大革命"中，档案里的材料上了大字报，他还不知自己何罪。有关这件莫须有的公案，我在《丙午丁未纪事》及《干校六记》里都提到了。我们爱玩福尔摩斯。两人一起侦探，探出并证实诬陷者是某某人。锺书与世无争，还不免遭人忌恨，我很忧虑。锺书安慰我说："不要愁，他也未必能随心。"锺书的话没错。这句话，为我增添了几分智慧。

其实，"忌"他很没有必要。锺书在工作中总很驯良地听从领导；同事间他能合作，不冒尖，不争先，肯帮忙，也很有用。他在徐永煐同志领导下工作多年，从信赖的部下成为要好的朋友。他在何其芳、余冠英同志领导下选注唐诗，共事的年轻同志都健在呢，他们准会同意我的话。锺书只求做好了本职工作，能偷工夫读他的书。他工作效率高，能偷下很多时间，这是他最珍惜的。我觉得媒孽者倒是无意中帮了他的大忙，免得他荣任什么体统差事，而让他默默"耕耘自己的园地"。

锺书住进城去，不嘱咐我照管阿瑗，却嘱咐阿瑗好好照管妈妈，阿瑗很负责地答应了。

我们的老李妈年老多病，一次她生病回家了。那天下大雪。傍晚阿瑗对我说："妈妈，该撮煤了。煤球里的猫屎我都抠干净了。"她知道我决不会让她撮煤。所以她背着我一人在雪地里先把白雪覆盖下的猫屎抠除干净，她知道妈妈怕触摸猫屎。可是她的嫩指头不该着冷，锺书还是应该嘱咐我照看阿瑗啊。

有一晚她有几分低烧，我逼她早睡，她不敢违拗。可是她说："妈妈，你还要到温德家去听音乐呢。"温德先生常请学生听音乐，他总为我留着最好的座位，挑选出我喜爱的唱片，阿瑗照例陪我同去。

我说："我自己会去。"

她迟疑了一下说："妈妈，你不害怕吗？"她知道我害怕，却不说破。

我摆出大人架子说："不怕，我一个人会去。"

她乖乖地上床躺下了。可是她没睡。

我一人出门，走到接连一片荒地的小桥附近，害怕得怎么也不敢过去。我退回又向前，两次、三次，前面可怕得过不去，我只好退回家。阿瑗还醒着。我只说"不去了"。她没说什么。她很乖。

说也可笑，阿瑗那么个小不点儿，我有她陪着，就像锺书陪着我一样，走过小桥，一点也不觉害怕。锺书嘱咐女儿照看妈妈，还是有他的道理。

阿瑗不上学，就脱离了同学。但是她并不孤单，一个人在清华园里悠游自在，非常快乐。她在病床上写的《我们仨》里，有记述她这种生活的章节，这里我不重复了。

我买了初中二、三年级的课本，教她数学（主要是代数，也附带几何、三角）、化学、物理、英文文法等。锺书每周末为她改中、英文作文。代数愈做愈繁，我想偷懒，我对阿瑗说："妈妈跟不上了，你自己做下去，能吗？"她很听话，就无师自通。过一天我问她能自己学吗，她说能。过几天我不放心，叫她如有困难趁早说，否则我真会跟不上。她很有把握地说，她自己会。我就加买了一套课本，让她参考。

瑗瑗于一九五一年秋考取贝满女中（当时称女十二中）高中一年级，代数得了满分。她就进城住校。她在学校里交了许多朋友，周末都到我们家来玩。我们夫妇只有一个宝贝女儿，女儿的朋友也成了我们的小友。后来阿瑗得了不治之症住进医院，她的中学朋友从远近各地相约同到医院看望。我想不到十几岁小姑娘间的友情，能保留得这么久远！她们至今还是我的朋友。

阿瑗住校，家里剩了我一人，只在周末家人团聚。这年冬，"三反"运动开始。有人提出杨先生怎不参加系里的会。我说是怕不够资格。此后我有会必到，认认真真地参加了"三反"或"脱裤子、割尾巴"或"洗澡"运动。

锺书在城里也参加了运动，也洗了个澡。但毛选翻译委员会只是个极小的单位。第一年原有一班人，一年后只留下锺书和助手七八人。运动需人多势众，才有威力；寥寥几人，不成气候。清华大学的运动是声势浩大的。学生要钱先生回校洗中盆澡。我就进城代他请了两星期假，让他回校好好学习一番再"洗澡"。

锺书就像阿瑗一样乖，他回校和我一起参加各式的会，认真学习。他洗了一个中盆澡，我洗了一个小盆澡，都一次通过。接下是"忠诚老实运动"，我代他一并交待了一切该交待的问题。我很忠诚老实，不管成不成问题，能记起的趁早都一一交待清楚。于是，有一天锺书和我和同校老师们排着队，由一位党的代表，和我们一一握手说："党信任你。"我们都洗干净了。经过一九五二年的"院系调整"，两人都调任文学研究所外文组的研究员。文学研究所编制暂属新北大，工作由中央宣传部直接领导。文研所于一九五三年二月二十二日正式成立。

一九五二年院系调整后限期搬家。这年的十月十六日，我家就从清华大学搬入新北大的中关园。搬家的时候，锺书和阿瑗都在城里。我一个人搬了一个家。东西都搬了，没顾及我们的宝贝猫儿。锺书和阿瑗周末陪我同回旧居，捉了猫儿，装在一只又大又深的布袋里。我背着，他们两个一路抚慰着猫儿。我只觉猫儿在袋里瑟瑟地抖。到了新居，它还是逃跑了。我们都很伤心。

毛选翻译委员会的工作于一九五四年底告一段落。锺书回所工作。

郑振铎先生是文研所的正所长，兼古典文学组组长。郑先生知道外文组已经人满，锺书挤不进了。他对我说："默存回来，借调我们古典组，选注宋诗。"

锺书很委屈。他对于中国古典文学，不是科班出身。他在大学里学的是外国文学，教的是外国文学。他由清华大学调入文研所，也属外文组。放弃外国文学研究而选注宋诗，他并不愿意。不过他了解郑先生的用意，也赞许他的明智。锺书肯委屈，能忍耐，他就借调在古典文学组里，从此没能回外文组。

"三反"是旧知识分子第一次受到的改造运动，对我们是"触及灵魂的"。我们闭塞顽固，以为"江山好改，本性难移"，人不能改造。可是我们惊愕地发现，"发动起来的群众"，就像通了电的机器人，都随着按钮统一行动，都不是个人了。人都变了。就连"旧社会过来的知识分子"也有不同程度的变：有的是变不透，有的要变又变不过来，也许还有一部分是偷偷儿不变。

我有一个明显的变，我从此不怕鬼了。不过我的变，一点不合规格。

(十一)

我们免得犯错误、惹是非，就离群索居。我们日常在家里工

126

作，每月汇报工作进程。我们常挪用工作时间偷出去玩，因为周末女儿回家，而假日公园的游客多。颐和园后山的松堂，游人稀少，我们经常去走一走后山。那里的松树千姿百态，我们和一棵棵松树都认识了。

动物园也是我们喜爱的地方。一九三四年春，我在清华读书，锺书北来，我曾带他同游。园内最幽静的一隅有几间小屋，窗前有一棵松树，一湾流水。锺书很看中这几间小屋，愿得以为家。十余年后重来，这几间房屋，连同松树和那一湾流水，都不知去向了。

我们很欣赏动物园里的一对小熊猫。它们安静地并坐窗口，同看游人，不像别的小动物在笼中来回来去跑。熊很聪明，喝水用爪子掬水喝，近似人的喝法。更聪明的是聪明不外露的大象。有公母两头大象隔着半片墙分别由铁链拴住。公象只耐心地摇晃着身躯，摇晃着脑袋，站定原地运动；拴就拴，反正一步不挪。母象会用鼻子把拴住前脚的铁圈脱下，然后把长鼻子靠在围栏上，满脸得意地笑。饲养员发现它脱下铁圈，就再给套上。它并不反抗，但一会儿又脱下了，好像故意在逗那饲养员呢。我们最佩服这两头大象。犀牛厌游客，会向游客射尿；尿很臭而射得很远，游客只好回避。河马最丑，半天也不肯浮出水面。孔雀在春天常肯开屏。锺书"格物致知"，发现孔雀开屏并不是炫耀它那金碧辉煌的彩屏，不过是掀起尾巴，向雌孔雀露出后部。看来最可怜的是囚在笼内不能展翅的大鸟。大熊猫显然最舒服，住的房子也最讲究，门前最拥挤。我们并不羡慕大熊猫。猴子最快乐，可是我们对猴子兴趣不大。

看动物吃东西很有趣。狮子喂肉之前，得把同笼的分开，因为狮子见了肉就不顾夫妻情分。猪类动物吃花生，连皮带壳；熊吐出壳带皮吃；猴子剥了壳还捻去皮。可是大象食肠粗，饲养员喂大象，大团的粮食、整只的苹果、整条的萝卜、连皮的香蕉，都一口吞之。可是它自己进食却很精细：吃稻草，先从大捆稻草中拈出一小束，拍打干净，筑筑整齐，才送入口中。我们断不定最聪明的是灵活的猴子还是笨重的大象。我们爱大象。

有时候我们带阿瑗一同出游，但是她身体弱，不如我们走路轻健。游山或游动物园都得走很多路，来回乘车要排队，要挤，都费劲。她到了颐和园高处，从后山下来，觉得步步艰险，都不敢跨步。我觉得锺书游园是受了我的鼓动；他陪我玩，练出了脚劲。阿瑗体力无多，我舍不得勉强她。

阿瑗每周末回家，从不肯把脏衣服和被单子带回家让阿姨洗，她学着自己洗。同学都说她不像独养女儿。这种乖孩子，当然会评上"三好学生"，老师就叫她回家和妈妈谈谈感想。我问："哪三好？"因为她身体明明不好。她笑说："荣誉是党给的。"果然，她的身体毕竟不好，读了三个学期，大有旧病复发之嫌。幸亏她非常听话，听从大夫的建议，休学一年，从一九五三年春季休养到一九五四年春季。锺书一九五四年底才由城里回北大。阿瑗休学只和妈妈做伴。

她在新北大（即旧燕京）到处寻找相当于清华灰楼的音乐室。她问校内的工人，答"说不好"。她央求说："不用说得好，随便说就行。"工人们听了大笑，干脆告诉她"没有"。她很失望。

中关园新建，还没有一点绿色。阿瑗陪我到邻近的果园去买了五棵柳树种在门前。温德先生送给我们许多花卉，种在院子里。蒋恩钿夫妇送来一个屏风，从客堂一端隔出小小一间书房。他们还送来一个摆饰的曲屏和几盆兰花、檐葡、海棠等花和草。锺书《槐聚诗存》一九五四年诗，有《容安室休沐杂咏》十二首，就是他周末归来的生活写实。这间小书房就是他的"容安室"或"容安馆"。由商务扫描出版的《容安馆日札》就是这个时候开始的。"容安馆"听来很神气，其实整座住宅的面积才七十五平方米。由屏风隔出来的"容安馆"仅仅"容膝易安"而已。

阿瑗常陪我到老燕京图书馆借书，然后又帮我裁书。因为那时许多书是老式装订，整张大纸折叠着订，书页不裁开；有些书虽经借阅，往往只裁开了一部分。

借书的时候，每本书的卡片上由借书者签上名字，借书卡留在图书馆里。阿瑗眼睛快，记性好，会记得某书曾有某人借过。她发现一件怪事。某先生借的书都不看完，名字在借书卡上经常出现，可是他显然只翻几章，书大部分没裁开。

阿瑗闲来无事，就读我案上的书。我对她绝对放任。她爱弹琴，迷恋着清华灰楼的音乐室，但燕京没有音乐室。我后来为她买了钢琴，她复学后却没工夫弹琴了。她当时只好读书，读了大量的英文小说、传记、书信集等等，所以她改习俄语后，英语没有忘记。

一九五四年春阿瑗复学。她休学一年，就相当于留一级。她原先的一级，外语学英语；下面的一级，从初中一年起，外语学俄语。阿瑗欠修四年半的俄语。我当初没意识到这点麻烦。

清华有一位白俄教授，中国名字称葛邦福，院系调整后归属新北大。我于阿瑗开学前四个月，聘请他的夫人教阿瑗俄语。阿瑗每天到她家上课。葛夫人对这个学生喜欢得逢人必夸，阿瑗和她一家人都成了好朋友。我留有她用英文记的《我的俄语教师》一文。文章是经锺书改过的，没找到草稿。但所记是实情，很生动。

钱瑗复学，俄语很顺溜地跟上了；不仅跟上，大概还是班上的尖子。她仍然是"三好学生"。"三好学生"跑不了会成共青团员。阿瑗一次回家，苦恼得又迸出了小眼泪。她说："她们老叫我入团，我总说，还不够格呢，让我慢慢争取吧；现在他们全都说我够格了，我怎么说呢？"她说："入了团就和家里不亲了，家里尽是'糖衣炮弹'了。"

我安慰她说："你不会和家里不亲。妈妈也不会'扯你后腿'。"阿瑗很快就成了团员，和家里的关系分毫没变。

她一九五五年秋季中学毕业，考取北京师范大学俄语系。她的志愿是"当教师的尖兵"。我学我爸爸的榜样：孩子自己决定的事，不予干涉。钱瑗毕业后留校当教师。她一辈子是教师队伍里的一名尖兵。

锺书在毛选翻译委员会的工作，虽然一九五四年底告一段落，工作并未结束。一九五八年初到一九六三年，他是英译毛选定稿组成员，一同定稿的是艾德勒。一九六四年起，他是英译毛主席诗词的小组成员。"文化大革命"打断了工作，一九七四年继续工作，直到毛主席诗词翻译完毕才全部结束。这么多年的翻译工作，都是在中央领导下的集体工作。集体很小，定稿组只二三人，翻译诗词组只五人。锺书同时兼任所内的研究工作，例如参加古典组的《唐诗选注》。

钱瑗考取大学以后的暑假。一九五六年夏，随锺书到武昌省亲。我公公婆婆居住学校宿舍。锺书曾几度在暑期中请"探亲假"省视父母。这回带了阿瑗同去。

大热天，武汉又是高温地区，两人回来，又黑又瘦。黑是太阳晒的，瘦则各有原因。锺书吃惯了我做的菜，味淡；我婆婆做的菜，他嫌咸，只好半饥半饱。爹爹睡觉不分日夜。他半夜读书偶有所得，就把健汝唤醒，传授心得。一个欠吃，一个欠睡，都瘦了。

这时爹爹已不要求锺书"养志"（养志的弟弟携家侨居缅甸）。他最宠爱的是"女孙健汝"，锺书已是四十、五十之间的中年人，父子相聚，只絮絮谈家常了。爹爹可怜唔娘寂寞，而两人很少共同语言。他常自称"拗荆"。我问锺书什么意思。锺书说，表示他对妻子拗执。我想他大概有抱歉之意。自称"拗荆"，也是老人对老妻的爱怜吧？

钟书阿瑗回京，带给我一个爹爹给我的铜质镂金字的猪符，因为我和爹爹同生肖。我像林黛玉一般小心眼，问是单给我一人，还是别人都有。他们说，单给我一人的。我就特别宝贝。这是在一九五六年暑假中。

一九五七年一、二月间，钟书惦着爹爹的病，冒寒又去武昌。他有《赴鄂道中》诗五首。第五首有"隐隐遥空碾辘雷"，"啼鸠忽噪雨将来"之句。这五首诗，作于"早春天气"的前夕。这年六月发动了反右运动，未能再次请假探亲。

那时钟书的三弟已回国，我公公命他把我婆婆送归无锡，因她已神识不清。我公公这年十一月在武汉去世，我婆婆次年在无锡去世；我公公的灵柩运回无锡，合葬梅山。

（十二）

钟书带了女儿到武昌探亲之前，一九五七年的五月间，在北京上大学的外甥女来我家玩，说北大的学生都贴出大字报来了。我们晚上溜出去看大字报，真的满墙都是。我们读了很惊讶。"三反"之后，我们直以为人都变了。原来一点没变，我们俩的思想原来很一般，比大字报上流露的还平和些。我们又惊又喜地一处处看大字报，心上大为舒畅。几年来的不自在，这回得到了安慰。人还是人。

接下就是领导号召鸣放了。锺书曾到中南海亲耳听到毛主席的讲话，觉得是真心诚意的号召鸣放，并未想到"引蛇出洞"。但多年后看到各种记载，听到各种论说，方知是经过长期精心策划的事，使我们对"政治"悚然畏惧。

所内立即号召鸣放。我们认为号召的事，就是政治运动。我们对政治运动一贯地不理解。"三反"之后曾批判过俞平伯论《红楼梦》的"色空思想"。接下是肃反，又是反胡风。一个个运动的次序我已记不大清楚。只记得俞平伯受批判之后，提升为一级研究员，锺书也一起提升为一级。接下来是高级知识分子受优待，出行有高级车，医疗有高级医院；接下来就是大鸣大放。

风和日暖，鸟鸣花放，原是自然的事。一经号召，我们就警惕了。我们自从看了大字报，已经放心满意。上面只管号召"鸣放"，四面八方不断地引诱催促。我们觉得政治运动总爱走向极端。我对锺书说："请吃饭，能不吃就不吃；情不可却，就只管吃饭不开口说话。"锺书说："难得有一次运动不用同声附和。"我们两个不鸣也不放，说的话都正确。例如有人问，你工作觉得不自由吗？我说："不觉得。"我说的是真话。我们沦陷上海期间，不论什么工作，只要是正当的，我都做，哪有选择的自由？有友好的记者要我鸣放。我老实说："对不起，我不爱'起哄'。"他们承认我向来不爱"起哄"，也就不相强。

锺书这年初冒寒去武昌看望病父时，已感到将有风暴来临。果然，不久就发动了反右运动，大批知识分子被打成"右派"。

运动开始，领导说，这是"人民内部矛盾"。内部矛盾终归难免的，不足为奇。但运动结束，我们方知右派问题的严重。我们始终保持正确，运动总结时，很正确也很诚实地说"对右派言论有共鸣"，但我们并没有一言半语的右派言论，也就逃过了厄运。

锺书只愁爹爹乱发议论。我不知我的公公是"准右派"还是"漏网右派"，反正运动结束，他已不在了。

政治运动虽然层出不穷，锺书和我从未间断工作。他总能在工作之余偷空读书；我"以勤补拙"，尽量读我工作范围以内的书。我按照计划完成《吉尔·布拉斯》的翻译，就写一篇五万字的学术论文。记不起是一九五六年或一九五七年，我接受了三套丛书编委会交给我重译《堂吉诃德》的任务。

恰在反右那年的春天，我的学术论文在刊物上发表，并未引起注意。锺书一九五六年底完成的《宋诗选注》，一九五八年出版。反右之后又来了个"双反"，随后我们所内掀起了"拔白旗"运动。锺书的《宋诗选注》和我的论文都是白旗。郑振铎先生原是大白旗，但他因公遇难，就不再"拔"了。锺书于一九五八年进城参加翻译毛选的定稿工作。一切"拔"他的《宋诗选注》批判，都由我代领转达。后来因日本汉学家吉川幸次郎和小川环树等对这本书的推重，也不拔了。只苦了我这面不成模样的小白旗，给拔下又撕得粉碎。我暗下决心，再也不写文章，从此遁入翻译。

锺书笑我"借尸还魂",我不过想借此"遁身"而已。

许多人认为《宋诗选注》的选目欠佳。锺书承认自己对选目并不称心:要选的未能选入,不必选的都选上了。其实,在选本里,自己偏爱的诗不免割爱;锺书认为不必选的,能选出来也不容易。有几首小诗,或反映民间疾苦,或写人民沦陷敌区的悲哀,自有价值,若未经选出,就埋没了。锺书选诗按照自己的标准,选目由他自定,例如他不选文天祥的《正气歌》,是很大胆的不选。

选宋诗,没有现成的《全宋诗》供选择。锺书是读遍宋诗,独自一人选的。他没有一个助手,我只是"贤内助",陪他买书,替他剪贴,听他和我商榷而已。那么大量的宋诗,他全部读遍,连可选的几位小诗人也选出来了。他这两年里工作量之大,不知有几人曾理会到。

《宋诗选注》虽然受到批判,还是出版了。他的成绩并未抹杀。我的研究论文并无价值,不过大量的书,我名正言顺地读了。我沦陷上海当灶下婢的时候,能这样大模大样地读书吗?我们在旧社会的感受是卖掉了生命求生存。因为时间就是生命。在新中国,知识分子的生活都由国家包了,我们分配得合适的工作,只需全心全意为人民服务。我们全心全意愿为人民服务,只是我们不会为人民服务,因为我们不合格。然后国家又赔了钱重新教育我们。我们领了高工资受教育,分明是国家亏了。

我曾和同事随社科院领导到昌黎"走马看花",到徐水看亩产万斤稻米的田。我们参与全国炼钢,全国"大跃进",知识分子下乡下厂改造自己。我家三口人，分散三处。我于一九五八年十一月下放农村，十二月底回京。我曾写过一篇《第一次下乡》，记我的"下放"。锺书当时还在城里定稿，他十二月初下放昌黎，到下一年的一月底（即阴历年底）回京。阿瑗下放工厂炼钢。

钱瑗到了工厂，跟上一个八级工的师傅。师傅因她在学校属美工组，能画，就要她画图。美工组画宣传画，和钢厂的图远不是一回事。阿瑗赶紧到书店去买了书，精心学习。师傅非常欣赏这个好徒弟，带她一处处参观。师傅常有创见，就要阿瑗按他的创见画图。阿瑗能画出精确的图。能按图做出模型，灌注铁水。她留厂很久，对师傅非常佩服，常把师傅的事讲给我们听。师傅临别送她一个饭碗口那么大的毛主席像章留念。我所见的像章中数这枚最大。

锺书下放昌黎比我和阿瑗可怜。我曾到昌黎"走马看花"，我们一伙是受招待的，而昌黎是富庶之区。锺书下放时，"三年饥荒"已经开始。他的工作是捣粪，吃的是霉白薯粉掺玉米面的窝窝头。他阴历年底回北京时，居然很会顾家，带回很多北京已买不到的肥皂和大量当地出产的蜜饯果脯。我至今还记得我一人到火车站去接他时的紧张，生怕接不到，生怕他到了北京还需回去。

我们夫妻分离了三个月，又团聚了。一九五九年文学所迁入城内旧海军大院。这年五月，我家迁居东四头条一号文研所宿舍。房子比以前更小，只一间宽大的办公室，分隔为五小间。一家三口加

136

一个阿姨居然都住下，还有一间做客厅，一间堆放箱笼什物。

搬进了城，到"定稿组"工作方便了，逛市场、吃馆子也方便了。锺书是爱吃的。"三年饥荒"开始，政治运动随着安静下来。但我们有一件大心事。阿瑗快毕业了。她出身不好。她自己是"白专"，又加父母双"白"，她只是个尽本分的学生，她将被分配到哪里去工作呀？她填的志愿是"支边"。如果是北方的"边"，我还得为她做一件"皮大哈"呢。

自从她进了大学，校内活动多，不像在中学时期每个周末回家。炼钢之前，她所属的美工组往往忙得没工夫睡觉。一次她午后忽然回家，说："老师让我回家睡一觉，妈妈，我睡到四点半叫醒我。"于是倒头就睡。到了四点半，我不忍叫醒她也不得不叫醒她，也不敢多问，怕耽搁时间。我那间豆腐干般大的卧房里有阿瑗的床，可是，她不常回家。我们觉得阿瑗自从上了大学，和家里生疏了；毕业后工作如分配在远地，我们的女儿就流失到不知什么地方去了。

但是事情往往意想不到。学校分配阿瑗留校当助教。我们得知消息，说不尽的称心满意。因为那个年代，毕业生得服从分配。而分配的工作是终身的。我们的女儿可以永远在父母身边了。

我家那时的阿姨不擅做菜。锺书和我常带了女儿出去吃馆子，在城里一处处吃。锺书早年写的《吃饭》一文中说："吃讲究的饭，事实上只是吃菜。"他没说吃菜主要在点菜。上随便什么馆子，他总能点到好菜。他能选择。选择是一项特殊的本领，

137

一眼看到全部，又从中选出最好的。他和女儿在这方面都擅长：到书店能买到好书，学术会上能评选出好文章，到绸布庄能选出好衣料。我呢，就仿佛是一个昏君。我点的菜终归是不中吃的。

吃馆子不仅仅吃饭吃菜，还有一项别人所想不到的娱乐。锺书是近视眼，但耳朵特聪。阿瑗耳聪目明。在等待上菜的时候，我们在观察其他桌上的吃客。我听到的只是他们的一言半语，也不经心。锺书和阿瑗都能听到全文。我就能从他们连续的评论里，边听边看眼前的戏或故事。

"那边两个人是夫妻……在吵架……"

"跑来的这男人是夫妻吵架的题目——他不就是两人都说了好多遍名字的人吗？……看他们的脸……"

"这一桌是请亲戚"——谁是主人，谁是主客，谁和谁是什么关系，谁又专爱说废话，他们都头头是道。

我们的菜一一上来，我们一面吃，一面看。吃完饭算账的时候，有的"戏"已经下场，有的还演得正热闹，还有新上场的。

我们吃馆子是连着看戏的。我们三人在一起，总有无穷的趣味。

（十三）

一九六二年的八月十四日，我们迁居干面胡同新建的宿舍，有四个房间，还有一间厨房、一间卫生间（包括厕所和澡房），还有一个阳台。我们添买了家具，住得宽舒了。

"三年困难"期间，锺书因为和洋人一同为英译毛选定稿，常和洋人同吃高级饭。他和我又各有一份特殊供应。我们还经常吃馆子。我们生活很优裕。而阿瑗辈的"年轻人"呢，住处远比我们原先小；他们的工资和我们的工资差距很大。我们几百，他们只几十。"年轻人"是新中国的知识分子。"旧社会过来的老先生"和"年轻人"生活悬殊，"老先生"未免令人侧目。我们自己尝过穷困的滋味，看到绝大多数"年轻人"生活穷困，而我们的生活这么优裕，心上很不安，很抱歉，也很惭愧。每逢运动，"老先生"总成为"年轻人"批判的对象。这是理所当然，也是势所必然。

我们的工资，冻结了十几年没有改变。所谓"年轻人"，大部分已不复年轻。"老先生"和"年轻人"是不同待遇的两种人。

一九六四年，所内同事下乡"四清"，我也报了名。但我这"老先生"没被批准参加，留所为一小班"年轻人"修改文章。我偶尔听到讥诮声，觉得惴惴不安。

一九六三年锺书结束了英译毛选四卷本的定稿工作，一九六四年又成为"毛主席诗词翻译五人小组"的成员。阿瑗一九六三年十二月到大兴县礼贤公社"四清"，没回家过年，到一九六四年四月回校。一九六五年九月又到山西武乡城关公社"四清"，一九六六年五月回校，成绩斐然，随即由工作队员蒋亨俊（校方）及马六孩（公社）介绍，"火线入党"。

什么叫"火线入党"，她也说不清，我也不明白。反正从此以后，每逢"运动"，她就是"拉入党内的白尖子"。她工作认真尽力是不用说的；至于"四清"工作的繁重，生活的艰苦，她直到十多年后才讲故事般讲给我听。当时我支援她的需求，为她买过许多年画和许多花种寄去。她带回一身虱子，我帮她把全部衣服清了一清。

阿瑗由山西回京不久，"文化大革命"就开始了。山西城关公社的学校里一群革命小将来京串联，找到钱瑗老师，讨论如何揪斗校长。阿瑗给他们讲道理、摆事实，说明校长是好人，不该揪斗。他们对钱老师很信服，就没向校长"闹革命"。十年之后，这位校长特来北京，向钱瑗道谢，谢她解救了他这场灾祸。

八月间，我和锺书先后被革命群众"揪出来"，成了"牛鬼蛇神"。阿瑗急要回家看望我们，而她属"革命群众"。她要回家，得走过众目睽睽下的大院。她先写好一张大字报，和"牛鬼蛇神"的父母划清界限，贴在楼下墙上，然后走到家里，告诉我们她刚贴出大字报和我们"划清界限"——她着重说"思想上划清界限"！然后一言不发，偎着我贴坐身边，从书包里取出未完的针线活，一针一针地缝。她买了一块人造棉，自己裁，自己缝，为妈妈做一套睡衣；因为要比一比衣袖长短是否合适，还留下几针没有完工。她缝完末后几针，把衣裤叠好，放在我身上，又从书包里取出一大包爸爸爱吃的夹心糖。她找出一个玻璃瓶子，把糖一颗颗剥去包糖的纸，装在瓶里，一面把一张张包糖的纸整整齐齐地叠在一起，藏入书包，免得革命群众从垃圾里发现糖纸。她说，现在她领工资了，每月除去饭钱，可省下来贴补家用。我们夫妻双双都是"牛鬼蛇神"，每月只发生活费若干元，而存款都已冻结，我们两人的生活费实在很紧。阿瑗强忍住眼泪，我看得出她是眼泪往肚里咽。看了阿瑗，我们直心疼。

阿瑗在革命阵营里是"拉入党内的白尖子"，任何革命团体都不要她；而她也不能做"逍遥派"，不能做"游鱼"。全国大串联，她就到了革命圣地延安。她画了一幅延安的塔寄给妈妈。"文化大革命"结束后，她告诉我说，她一人单干，自称"大海航行靠舵手"，哪派有理就赞助哪派，还相当受重视。很难为她，一个人，在这十年"文化大革命"中没犯错误。

我们几个月后就照发工资，一年之后，两人相继"下楼"——即走出"牛棚"。但我们仍是最可欺负的人。我们不能与强邻相处，阿瑗建议"逃走"；我们觉得不仅是上策，也是唯一的出路。我们一九七三年十二月九日逃到北师大，大约是下午四时左右。

我们雇了一辆三轮汽车（现在这种汽车早已淘汰了），颠颠簸簸到达北师大。阿瑗带我们走入她学生时期的宿舍，那是她住了多年的房间，在三楼，朝北。她掏出钥匙开门的时候，左邻右舍都出来招呼钱瑗。我们还没走进她那间阴寒脏乱的房间，楼道里许多人都出来看钱瑗的爸爸妈妈了。她们得知我们的情况，都伸出援助之手。被子、褥子、枕头，从各家送来；锅碗瓢盆、菜刀、铲刀、油盐酱醋以至味精、煤炉子、煤饼子陆续从四面八方送来，不限本楼。阿瑗的朋友真多也真好，我们心上舒坦又温暖，放下东西，准备舀水擦拭尘土。

我忽然流起鼻血来，手绢全染红了。我问知盥洗室在四楼，推说要洗手，急奔四楼。锺书"拙手笨脚"地忙拿了个小脸盆在楼道一个水龙头下接了半盆水给我洗手。我推说手太脏，半盆水不够，急奔四楼。只听得阿瑗的朋友都夸"钱伯伯劳动态度好"。我心里很感激他，但是我不要他和阿瑗为我着急。我在四楼盥洗室内用冷水冰鼻梁，冰脑门子，乘间洗净了血污的手绢。鼻血不流了，我慢慢下楼，回到阿瑗的房间里。

阿瑗见我进屋，两手放到背后，说声："啊呀！不好了！大暴露了！"她的屋里那么脏又那么乱，做梦也没想到妈妈会到这间屋里来收拾。

我爱整洁；阿瑗常和爸爸结成一帮，暗暗反对妈妈的整洁。例如我搭毛巾，边对边，角对角，齐齐整整。他们两个认为费事，随便一搭更方便。不过我们都很妥协，他们把毛巾随手一搭，我就重新搭搭整齐。我不严格要求，他们也不公然反抗。

阿瑗这间宿舍，有三张上下铺的双层床。同屋的老同学都已分散。她毕业后和两个同事饭后在这里歇午，谁也顾不到收拾。目前天气寒冷，这间房只阿瑗一人歇宿。书架上全是灰尘，床底下全是乱七八糟的东西。阿瑗是美工组成员，擅长调颜色。她屋里的一切碗、碟、杯、盘，全用来调过颜色，都没有洗。我看了"大暴露"，乐得直笑，鼻血都安然停止了。

我们收拾了房间，洗净了碗碟。走廊是各室的厨房，我们也生上煤炉。晚饭前，阿瑗到食堂去买了饭和菜，我加工烹调。屋里床在沿墙，中间是拼放的两对桌子。我们对坐吃晚饭，其乐也融融，因为我们有这么多友人的同情和关怀，说不尽的感激，心上轻松而愉快。三人同住一房，阿瑗不用担心爸爸妈妈受欺负，我们也不用心疼女儿每天挤车往返了。屋子虽然寒冷，我们感到的是温暖。

将近冬至，北窗缝里的风愈加冷了。学校宿舍里常停电。电停了，暖气也随着停。我们只有随身衣服，得回家取冬衣。我不敢一人回去，怕发生了什么事还说不清。我所内的老侯是转业军人，政治上过硬，而且身高力大。我央他做保镖陪我回家去取了两大包衣物。他帮我雇了汽车，我带着寒衣回师大。

阿瑗有同事正要搬入小红楼。他的华侨朋友出国了，刚从小红楼搬走，把房子让给了他。小红楼是教职员宿舍，比学生宿舍好。那位同事知道我们住一间朝北宿舍，就把小红楼的两间房让给我们，自己留住原处。

那两间房一朝南，一朝东，阳光很好。我们就搬往小红楼去住。那边还有些学校的家具，如床和桌子椅子等。原有一个大立柜搬走了，还留着柜底下一层厚厚的积土。我们由阿瑗朋友处借用的被褥以及一切日用品都得搬过去。搬家忙乱，可怜的锺书真是"劳动态度好"，他别处插不上手，就"拙手笨脚"地去扫那堆陈年积土。我看见了急忙阻止，他已吃下大量灰尘。连日天寒，他已着凉感冒，这一来就引发了近年来困扰他的哮喘。

他每次发病，就不能躺下睡觉，得用许多枕头被子支起半身，有时甚至不能卧床，只能满地走。我们的医疗关系，已从"鸣放"前的头等医院逐渐降级，降到了街道上的小医院。医生给点药吃，并不管事。他哮喘病发，呼吸如呼啸。我不知轻重，戏称他为"呼啸山庄"。

师大的校医院和小红楼很近。阿瑗带我们到校医院去看病打针。可是他病得相当重，虽吃药打针，晚上还是呼啸。小红楼也一样停电停暖气。我回干面胡同取来的冬衣不够用。有一夜，他穿了又重又不暖和的厚呢大衣在屋里满地走。我已连着几夜和衣而卧，陪着他不睡。忽然，我听不见他呼啸，只见他趴在桌上，声息全无。我吓得立即跳起来。我摸着他的手，他随即捏捏我的手，原来他是乏极了，打了个盹儿，他立刻继续呼啸。我深悔闹醒了他，但听到呼啸，就知道他还在呼吸。

一九七四年的一月十八日下午，我刚煮好一锅粥，等阿瑗回来同吃晚饭。校内"批林批孔"运动正值高潮。我听到锺书的呼啸和平时不同，急促得快连续不上了。多亏两家邻居，叫我快把"爷爷"送医院抢救。阿瑗恰好下班回来，急忙到医院去找大夫，又找到了校内的司机。一个司机说，他正要送某教师到北医三院去，答应带我们去抢救病人。因为按学校的规则，校内汽车不为家属服务。

我给锺书穿好衣裳、棉鞋，戴上帽子围巾，又把一锅粥严严地裹在厚被里，等汽车来带我们。左等右等，汽车老也不来。我着急说："汽车会不会在医院门口等我们过去呀？"一位好邻居冒着寒风，跑到医院前面去找。汽车果然停在那呆等呢。邻居招呼司机把车开往小红楼。几位邻居架着扶着锺书，把他推上汽车。我和阿瑗坐在他两旁，另一位病人坐在前座。汽车开往北医三院的一路上，我听着锺书急促的呼啸随时都会停止似的，急得我左眼球的微血管都渗出血来了——这是回校后发现的。

到了医院，司机帮着把锺书扶上轮椅，送入急诊室。大夫给他打针又输氧。将近四小时之后，锺书的呼吸才缓过来。他的医疗关系不属北医三院，抢救得性命，医院就不管了。锺书只好在暖气片的木盖上躺着休息。

送我们的司机也真好。他对钱瑗说：他得送那位看病的教师回校；钱老师什么时候叫他，他随叫随到。锺书躺在宽仅容身的暖气片盖上休息，正是午夜十二点。阿瑗打电话请司机来接。司机没有义务大冬天半夜三更，从床上起来开车接我们。他如果不来接，我们真不知怎么回小红楼。医院又没处可歇，我们三人都饿着肚子呢。

裹在被窝里的一锅粥还热，我们三人一同吃了晚饭，锺书这回不呼啸了。

145

校医室也真肯照顾，护士到我们家来为锺书打针。经校医室诊治，锺书渐渐好起来，能起床卧在躺椅里，能由我扶着自己到医院去请护士打针。

我们和另两家合住这一组房子，同用一个厨房，一间卫生间。一家姓熊，一家姓孟。平日大家都上班或上学。经常在家的，就剩我们夫妇、孟家一个五岁多的男孙、熊家奶奶和她的小孙子。三餐做饭的是老熊和孟家主妇（我称她小常宝），还有我。我们三个谈家常或交流烹调经验，也互通有无，都很要好。孟家小弟成天在我们屋里玩。熊家小弟当初只会在床上蹦，渐渐地能扶墙行走，走入我们屋里来。

那时的锺书头发长了不能出去理发，满面病容，是真正的"囚首垢面"。但是熊家小弟却特别垂青，进门就对"爷爷"笑。锺书上厕，得经过他们家门口。小弟见了他，就伸出小手要爷爷抱。锺书受宠若惊。熊家奶奶常安慰我说："瞧！他尽对爷爷笑！爷爷的病一定好得快。"

可是熊家奶奶警觉地观察到锺书上厕走过他家时，东倒西歪。房子小，过道窄，东倒西歪也摔不倒。熊家奶奶叫我注意着点儿。锺书已经抢救过来，哮喘明显地好了。但是我陪他到医院去，他须我扶，把全身都靠在我身上，我渐渐地扶不动他了。他躺在椅里看书，也写笔记，却手不应心，字都歪歪斜斜地飞出格子。渐渐地，他舌头也大了，话也说不清。我怕是他脑子里长了什么东西。校医院的大夫说，当检查。

我托亲友走后门，在北京两个大医院里都挂上了号。事先还费了好大心思，求附近的理发店格外照顾；锺书由常来看顾他的所内年轻人扶着去理了发。

锺书到两个医院去看了病，做了脑电图。诊断相同：他因哮喘，大脑皮层缺氧硬化，无法医治，只能看休息一年后能否恢复。但大脑没有损伤，也没有什么瘤子。

我放下半个心，悬着半个心。锺书得休养一个时期。那时候，各单位的房子都很紧张。我在小红楼已经住过寒冬，天气已经回暖，我不能老占着人家的房子不还。我到学部向文学所的小战士求得一间办公室，又请老侯为我保驾，回家取了东西，把那间办公室布置停当。一九七四年的五月二十二日，我们告别了师大的老年、中年、幼年的许多朋友，迁入学部七号楼西尽头的办公室。

（十四）

办公室并不大，兼供吃、喝、拉、撒、睡。西尽头的走廊是我们的厨房，兼堆煤饼。邻室都和我们差不多，一室一家；走廊是家家的厨房。女厕在邻近，男厕在东尽头。锺书绝没有本领走过那条堆满杂物的长走廊。他只能"足不出户"。

不过这间房间也有意想不到的好处。文学所的图书资料室就在我们前面的六号楼里。锺书曾是文学研究所图书资料委员会主任，选书、买书是他的特长。中文的善本、孤本书籍，能买到的他都买。外文（包括英、法、德、意等）的经典作品以及现当代的主流作品，应有尽有。外宾来参观，都惊诧文学所图书资料的精当完美。而管理图书资料的一位年轻人，又是锺书流亡师大时经常来关心和帮忙的。外文所相离不远。住在外文所的年轻人也都近在咫尺。

我们在师大，有阿瑗的许多朋友照顾；搬入学部七楼，又有文学所、外文所的许多年轻人照顾。所以我们在这间陋室里，也可以安居乐业。锺书的"大舌头"最早恢复正常，渐渐手能写字，但两脚还不能走路。他继续写他的《管锥编》，我继续翻译《堂吉诃德》。我们不论在多么艰苦的境地，从不停顿的是读书和工作，因为这也是我们的乐趣。

钱瑗在我们两人都下放干校期间，偶曾帮助过一位当时被红卫兵迫使扫街的老太太，帮她解决了一些困难。老太太受过高等教育，精明能干，是一位著名总工程师的夫人。她感激阿瑗，和她结识后，就看中她做自己的儿媳妇，哄阿瑗到她家去。阿瑗哄不动。老太太就等我们由干校回京后，亲自登门找我。她让我和锺书见到了她的儿子；要求让她儿子和阿瑗交交朋友。我们都同意了。可是阿瑗对我说："妈妈，我不结婚了，我陪着爸爸妈妈。"我们都不愿勉强她。我只说："将来我们都是要走的，撇下你一个人，我们放得下心吗？"阿瑗是个孝顺女儿，我们也不忍多用这种话对她施加压力。可是老太太那方努力不懈，终于在一九七四年，我们搬入学部办公室的同一个月里，老太太把阿瑗娶到了她家。我们知道阿瑗有了一个美好的家，虽然身处陋室，心上也很安适。我的女婿还保留着锺书和老太太之间的信札，我附在此文末尾的附录二。

"斯是陋室"，但锺书翻译毛主席诗词的工作，是在这间屋里完成的。

一九七四年冬十一月，袁水拍同志来访说："江青同志说的，'五人小组'并未解散，锺书同志当把工作做完。"我至今不知"五人小组"是哪五人。我只知这项工作是一九六四年开始的。乔冠华同志常用他的汽车送锺书回家，也常到我们家来坐坐，说说闲话。"文化大革命"中工作停顿，我们和乔冠华同志完全失去联系。叶君健先生是成员之一。另二人不知是谁。这事我以为是由周总理领导的。但是我没有问过，只觉得江青"抓尖儿卖乖"，抢着来领导这项工作。我立即回答袁水拍说："钱锺书病着呢。他歪歪倒倒地，只能在这屋里待着，不能出门。"

对方表示：钱锺书不能出门，小组可以到这屋里来工作。我就没什么可说的了。

我们这间房，两壁是借用的铁书架，但没有横格。年轻人用干校带回的破木箱，为我们横七竖八地搭成格子，书和笔记本都放在木格子里。顶着西墙，横放两张行军床。中间隔一只较为完整的木箱，权当床头柜兼衣柜。北窗下放一张中不溜的书桌，那是锺书工作用的。近南窗，贴着西墙，靠着床，是一张小书桌，我工作用的。我正在翻译，桌子只容一沓稿纸和一本书，许多种大词典都摊放床上。我除了这间屋子，没有别处可以容身，所以我也相当于挪不开的物件。近门有个洗脸架，旁有水桶和小水缸，权充上下水道。铁架子顶上搭一条木板，放锅碗瓢盆。暖气片供暖不足，屋子里还找出了空处，生上一只煤炉，旁边叠几块蜂窝煤。门口还挂着夏日挡蚊子冬日挡风的竹帘子。

叶君健不嫌简陋，每天欣然跑来，和锺书脚对脚坐在书桌对面。袁水拍只好坐在侧面，竟没处容膝。周珏良有时来代表乔冠华。他挤坐在锺书旁边的椅上。据说："锺书同志不懂诗词，请赵朴初同志来指点指点。"赵朴初和周珏良不是同时来，他们只来过两三次。幸好所有的人没一个胖子，满屋的窄道里都走得通。毛主席诗词的翻译工作就是在这间陋室里完成的。

袁水拍同志几次想改善工作环境，可是我和锺书很顽固。他先说，屋子太小了，得换个房子。我和锺书异口同声：一个说"这里很舒服"；一个说"这里很方便"。我们说明借书如何方便，如何有人照顾，等等，反正就是表示坚定不搬。袁辞去后，我和锺书咧着嘴做鬼脸说："我们要江青给房子！"然后传来江青的话："锺书同志可以住到钓鱼台去，杨绛同志也可以去住着，照顾锺书同志。"我不客气地说："我不会照顾人，我还要阿姨照顾呢。"过一天，江青又传话："杨绛同志可以带着阿姨去住钓鱼台。"我们两个没有心理准备，两人都呆着脸，一言不发。我不知道袁水拍是怎么回话的。

一九七五年的国庆日，锺书得到国宴的请帖，他请了病假。下午袁水拍来说："江青同志特地为你们准备了一辆小轿车，接两位去游园。"锺书说："我国宴都没能去。"袁说："锺书同志不能去，杨绛同志可以去呀。"我说："今天阿姨放假，我还得做晚饭，还得看着病人呢。"我对袁水拍同志实在很抱歉，我并不愿意得罪他，可是他介于江青和我们俩之间，只好对不起他了。毛主席的诗词翻译完毕，听说还开了庆功会，并飞往全国各地征求意见。反正钱锺书已不复是少不了的人；以后的事，我们只在事后听说而已。钱锺书的病随即完全好了。

这年冬天，锺书和我差点儿给煤气熏死。我们没注意到烟囱管出口堵塞。我临睡服安眠药，睡中闻到煤气味，却怎么也醒不过来；正挣扎着要醒，忽听得锺书整个人摔倒在地的声音。这沉重的一声，帮我醒了过来。我迅速穿衣起床，三脚两步过去给倒地的锺书裹上厚棉衣，立即打开北窗。他也是睡中闻到煤气，急起开窗，但头晕倒下，脑门子磕在暖气片上，又跌下地。我把他扶上床，又开了南窗。然后给他戴上帽子，围上围巾，严严地包裹好；自己也像严冬在露天过夜那样穿戴着。我们挤坐一处等天亮。南北门窗洞开，屋子小，一会儿煤气就散尽。锺书居然没有着凉感冒哮喘。亏得他沉重地摔那一跤，帮我醒了过来。不然的话，我们两个就双双中毒死了。他脑门子上留下小小一道伤痕，几年后才消失。

一九七六年，三位党和国家领导人相继去世。这年的七月二十八日凌晨唐山地震，余震不绝，使我们觉得伟人去世，震荡大地，老百姓都在风雨飘摇之中。

我们住的房间是危险房，因为原先曾用作储藏室，封闭的几年间，冬天生了暖气，积聚不散，把房子胀裂，南北二墙各裂出一条大缝。不过墙外还抹着灰泥，并不漏风。我们知道房子是混凝土筑成，很坚固，顶上也不是预制板，只二层高，并不危险。

但是所内年轻人不放心。外文所的楼最不坚固，所以让居住楼里的人避居最安全的圆穹顶大食堂。外文所的年轻人就把我们两张行军床以及日用必需品都搬入大食堂，并为我们占了最安全的地方。我们阿姨不来做饭了，我们轮着吃年轻人家的饭，"一家家吃将来"。锺书始终未能回外文所工作，但外文所的年轻人都对他爱护备至。我一方面感激他们，一方面也为锺书骄傲。

我们的女儿女婿都来看顾我们。他们作了更安全的措施，接我们到他们家去住。所内年轻朋友因满街都住着避震的人，一路护着我们到女儿家去。我回忆起地震的时期，心上特别温馨。

这年的十月六日"四人帮"被捕，报信者只敢写在手纸上，随手就把手纸撕毁。好振奋人心的消息！

十一月二十日，我译完《堂吉诃德》上下集（共八册），全部定稿。锺书写的《管锥编》初稿亦已完毕。我们轻松愉快地同到女儿家，住了几天，又回到学部的陋室。因为在那间屋里，锺书查阅图书资料特方便。校订《管锥编》随时需要查书，可立即解决问题。

《管锥编》是干校回来后动笔的，在这间办公室内完成初稿，是"文化大革命"时期的产物。有人责备作者不用白话而用文言，不用浅易的文言，而用艰深的文言。当时，不同年龄的各式红卫兵，正逞威横行。《管锥编》这类著作，他们容许吗？锺书干脆叫他们看不懂。他不过是争取说话的自由而已，他不用炫耀学问。

"嘤其鸣兮，求其友声。"友声可远在千里之外，可远在数十百年之后。锺书是坐冷板凳的，他的学问也是冷门。他曾和我说："有名气就是多些不相知的人。"我们希望有几个知己，不求有名有声。

锺书脚力渐渐恢复，工作之余，常和我同到日坛公园散步。我们仍称"探险"。因为我们在一起，随处都能探索到新奇的事。我们还像年轻时那么兴致好，对什么都有兴趣。

（十五）

一九七七年的一月间，忽有人找我到学部办公处去。有个办事人员交给我一串钥匙，叫我去看房子，还备有汽车，让我女儿陪我同去，并对我说："如有人问，你就说因为你住办公室。"

我和女儿同去看了房子。房子就是我现在住的三里河南沙沟寓所。我们的年轻朋友得知消息，都为我们高兴。"众神齐着力"，帮我们搬入新居，那天正是二月四日立春节。

锺书擅"格物致知"，但是他对新居"格"来"格"去也不能"致知"，技穷了。我们猜了几个人，又觉得不可能。"住办公室"已住了两年半，是谁让我们搬到这所高级宿舍来的呀？

何其芳也是从领导变成朋友的。他带着夫人牟决鸣同来看我们的新居。他最欣赏洗墩布的小间，也愿有这么一套房子。显然，房子不是他给分的。

七八月间，何其芳同志去世。他的追悼会上，胡乔木、周扬、夏衍等领导同志都出现了。"文化大革命"终于过去了。

阿瑗并不因地震而休假，她帮我们搬完家就回学校了。她婆家在东城西石槽，离我们稍远。我们两人住四间房，觉得很心虚，也有点寂寞。两人收拾四个房间也费事。我们就把"阿姨"周奶奶接来同住。锺书安闲地校订他的《管锥编》，我也把《堂吉诃德》的稿子重看一过，交给出版社。

十月间，胡乔木同志忽来访，"请教"一个问题。他曾是英译毛选委员会的上层领导，和锺书虽是清华同学，同学没多久，也不相识，胡也许只听到钱锺书狂傲之名。

锺书翻译毛选时，有一次指出原文有个错误。他坚持说："孙猴儿从来未钻入牛魔王腹中。"徐永煐同志请示上级，胡乔木同志调了全国不同版本的《西游记》查看。锺书没有错。孙猴儿是变作小虫，给铁扇公主吞入肚里的；铁扇公主也不能说是"庞然大物"。毛主席得把原文修改两句。锺书虽然没有错，他也够"狂傲"的。乔木同志有一次不点名地批评他"服装守旧"，因锺书还穿长袍。

我们住办公室期间，乔木同志曾寄过两次治哮喘的药方。锺书承他关会，但无从道谢。这回，他忽然造访，我们猜想房子该是他配给的吧？但是他一句也没说到房子。

我们的新居共四间房，一间是我们夫妇的卧室，一间给阿瑗，一大间是我们的起居室或工作室，或称书房，也充客厅，还有一间吃饭。周奶奶睡在吃饭间里。周奶奶就是顺姐，我家住学部时，她以亲戚身份来我家帮忙，大家称她周奶奶。她说，不爱睡吃饭间。她看中走廊，晚上把床铺在走廊里。

乔木同志偶来夜谈，大门口却堵着一张床。乔木同志后来问我们：房子是否够住。我说："始愿不及此。"这就是我们谢他的话了。

周奶奶坦直说："个人要自由呢。"她嫌我们晚间到她屋去倒开水喝。我们把热水瓶挪入卧室，房子就够住了。

乔木同志常来找锺书谈谈说说，很开心。他开始还带个警卫，后来把警卫留在楼下，一个人随随便便地来了。他谈学术问题，谈书，谈掌故，什么都谈。锺书是个有趣的人，乔木同志也有他的趣。他时常带了夫人谷羽同志同来。到我们家来的乔木同志，不是什么领导，不带任何官职，他只是清华的老同学。虽然同学时期没有相识，经过一个"文化大革命"，他大概是想起了清华的老同学而要和他相识。他找到锺书，好像老同学重又相逢。

有一位乔木同志的相识对我们说："胡乔木只把他最好的一面给你们看。"

我们读书，总是从一本书的最高境界来欣赏和品评。我们使用绳子，总是从最薄弱的一段来断定绳子的质量。坐冷板凳的书呆子，待人不妨像读书般读；政治家或企业家等也许得把人当作绳子使用。锺书待乔木同志是把他当书读。

有一位乔木同志的朋友说："天下世界，最苦恼的人是胡乔木。因为他想问题，总是从第一度想起，直想到一百八十度，往往走到自己的对立面去，自相矛盾，苦恼不堪。"乔木同志想问题确会这样认真负责。但是我觉得他到我家来，是放下了政治思想而休息一会儿。他是给自己放放假，所以非常愉快。他曾叫他女儿跟来照相。我这里留着一张他痴笑的照片，不记得锺书说了什么话，他笑得那么乐。

可是我们和他地位不同，身份不同。他可以不拿架子，我们却知道自己的身份。他可以随便来，我们决不能随便去，除非是接我们去。我们只能"来而不往"。我们受到庇护，心上感激。但是锺书所能报答的，只不过为他修润几个文字而已。锺书感到惭愧。

我译完《堂吉诃德》。外文所领导体谅我写文章下笔即错，所以让"年轻人"代我写序。可是出版社硬是要我本人写序。稿子压了一年也不发排。我并不懂生意经。稿子既然不付印，我就想讨回稿子，以便随时修改。据说这一来出版社要赔钱的。《堂吉诃德》就没有序文而出版了。后来乔木同志责备我为什么不用"文革"前某一篇文章为序，我就把旧文修改了作为序文。《堂吉诃德》第二次印刷才有序文。

《管锥编》因有乔木同志的支持，出版社立即用繁体字排印。锺书高兴地说："《管锥编》和《堂吉诃德》是我们最后的书了。你给我写三个字的题签，我给你写四个字的题签，咱们交换。"

我说："你太吃亏了，我的字见得人吗？"

他说："留个纪念，好玩儿。随你怎么写，反正可以不挂上你的名字。"我们就订立了一个不平等条约。

我们的阿瑗周末也可以回到父母身边来住住了。以前我们住的办公室只能容他们小两口来坐坐。

一九七八年她考取了留学英国的奖学金。她原是俄语系教师。俄语教师改习英语的时候，她就转入英语系。她对我说："妈妈，我考不取。人家都准备一学期了，我是因为有人临时放弃名额，才补上了我，附带条件是不能耽误教课。我没一点儿准备，能考上吗？"可是她考取了。我们当然为她高兴。

可是她出国一年，我们想念得好苦。一年后又增加一年，我们一方面愿意她能多留学一年，一方面得忍受离别的滋味。

这段时期，锺书和我各随代表团出国访问过几次。锺书每和我分离，必详尽地记下所见所闻和思念之情。阿瑗回家后，我曾出国而他和阿瑗同在家，他也详尽地记下家中琐碎还加上阿瑗的评语附识。这种琐琐碎碎的事，我们称为"石子"，比作潮退潮落滞留海滩上的石子。我们偶然出门一天半天，或阿瑗出差十天八天，回家必带回大把小把的"石子"，相聚时搬出来观赏玩弄。平时家居琐琐碎碎，如今也都成了"石子"，我把我家的"石子"选了一些附在附录三。

我们只愿日常相守，不愿再出国。阿瑗一九九〇年又到英国访问半年。她依恋父母，也不愿再出国。她一次又一次在国内各地出差，在我都是牵心挂肠的离别。

一九八二年六月间，社科院人事上略有变动。文学所换了所长，锺书被聘为文学所顾问，他力辞得免。那天晚上，他特别高兴地说："无官一身轻，顾问虽小，也是个官。"

第二天早上，社科院召他去开会，有车来接。他没头没脑地去了。没料到乔木同志忽发奇想，要夏鼐、钱锺书做社科院副院长，说是社科院学术气氛不够浓，要他们为社科院增添些学术气氛。乔木同志先已和夏鼐同志谈妥，对锺书却是突然袭击。他说："你们两位看我老同学面上……"夏鼐同志已应允，锺书着急说，他没有时间。乔木同志说："一不要你坐班，二不要你画圈，三不要你开会。"锺书说："我昨晚刚辞了文学所的顾问，人家会笑我'辞小就大'。"乔木同志说："我担保给你辟谣。"锺书没什么说的，只好看老同学面上不再推辞。回家苦着脸对我诉说，我也只好笑他"这番捉将官里去也"。

158

我有个很奇怪的迷信，认为这是老天爷对诬陷锺书的某人开个玩笑。这个职位是他向望的，却叫一个绝不想做副院长的人当上了。世上常有这等奇事。

锺书对出国访问之类，一概推辞了。社科院曾有两次国际性的会议，一次是和美国学术代表团交流学术的会，一次是纪念鲁迅的会。这两个大会，他做了主持人。我发现锺书办事很能干。他召开半小时的小会，就解决不少问题。他主持两个大会，说话得体，也说得漂亮。

一年之后，他就向乔木同志提出辞职，说是"尸位素餐，于心不安"。乔木同志对我点着锺书说："不著一字，尽得风流。"辞职未获批准。反正锺书也只挂个空名，照旧领研究员的工资。他没有办公室，不用秘书，有车也不坐，除非到医院看病。

三里河寓所不但宽适，环境也优美，阿瑗因这里和学校近，她的大量参考书都在我们这边，所以她也常住我们身边，只周末回婆婆家去。而女婿的工作单位就在我们附近，可常来，很方便。

（十六）

自从迁居三里河寓所，我们好像跋涉长途之后，终于有了一个家，我们可以安顿下来了。

我们两人每天在起居室静静地各据一书桌，静静地读书工作。我们工作之余，就在附近各处"探险"，或在院子里来回散步。阿瑗回家，我们大家掏出一把又一把的"石子"把玩欣赏。阿瑗的石子最多。周奶奶也身安心闲，逐渐发福。

我们仨，却不止三人。每个人摇身一变，可变成好几个人。例如阿瑗小时才五六岁的时候，我三姐就说："你们一家呀，圆圆头最大，锺书最小。"我的姐姐妹妹都认为三姐说得对。阿瑗长大了，会照顾我，像姐姐；会陪我，像妹妹；会管我，像妈妈。阿瑗常说："我和爸爸最'哥们'，我们是妈妈的两个顽童，爸爸还不配做我的哥哥，只配做弟弟。"我又变为最大的。锺书是我们的老师。我和阿瑗都是好学生，虽然近在咫尺，我们如有问题，问一声就能解决，可是我们决不打扰他，我们都勤查字典，到无法自己解决才发问。他可高大了。但是他穿衣吃饭，都需我们母女把他当孩子般照顾，他又很弱小。

他们两个会联成一帮向我造反，例如我出国期间，他们连床都不铺，预知我将回来，赶忙整理。我回家后，阿瑗轻声嘀咕："狗窠真舒服。"有时他们引经据典的淘气话，我一时拐不过弯，他们得意地说："妈妈有点笨哦！"我的确是最笨的一个。我和女儿也会联成一帮，笑爸爸是色盲，只识得红、绿、黑、白四种颜色。其实锺书的审美感远比我强，但他不会正确地说出什么颜色。我们会取笑锺书的种种笨拙。也有时我们夫妇联成一帮，说女儿是学究，是笨蛋，是傻瓜。

我们对女儿，实在很佩服。我说："她像谁呀？"锺书说：

"爱教书，像爷爷；刚正，像外公。"她在大会上发言，敢说自己的话。她刚做助教，因参与编《英汉小词典》（商务出版），当了代表，到外地开一个极左的全国性语言学大会。有人提出凡"女"字旁的字都不能用，大群左派都响应赞成。钱瑗是最小的小鬼，她说："那么，毛主席词'寂寞嫦娥舒广袖'怎么说呢？"这个会上被贬得一文不值的大学者如丁声树、郑易里等老先生都喜欢钱瑗。

钱瑗曾是教材评审委员会的审稿者。一次某校要找个认真的审稿者，校方把任务交给钱瑗。她像猎狗般嗅出这篇论文是抄袭。她两个指头，和锺书一模一样地摘着书页，稀里哗啦地翻书，也和锺书翻得一样快，一下子找出了抄袭的原文。

一九八七年，师大外语系与英国文化委员会合作建立中英英语教学项目（TEFL），钱瑗是建立这个项目的人，也是负责人。在一般学校里，外国专家往往是权威。一次师大英语系新聘的英国专家对钱瑗说，某门课他打算如此这般教。钱瑗说不行，她指示该怎么教。那位专家不服。据阿瑗形容："他一双碧蓝的眼睛骨碌碌地看着我，像猫。"钱瑗带他到图书室去，把他该参考的书一一拿给他看。这位专家想不到师大图书馆竟有这些高深的专著。学期终了，他到我们家来，对钱瑗说："Yuan, you worked me hard."但是他承认"得益不浅"。师大外国专家的成绩是钱瑗评定的。

我们眼看着女儿在成长，有成就，心上得意。可是我们的

"尖兵"每天超负荷地工作——据学校的评价，她的工作量是百分之二百，我觉得还不止。她为了爱护学生，无限量地加重负担。例如学生的毕业论文，她常常改了又责令重做。我常问她："能偷点儿懒吗？能别这么认真吗？"她总摇头。我只能暗暗地在旁心疼。

阿瑗是我生平杰作，锺书认为"可造之材"，我公公心目中的"读书种子"。她上高中学背粪桶，大学下乡下厂，毕业后又下放"四清"，九蒸九焙，却始终只是一粒种子，只发了一点芽芽。做父母的，心上不能舒坦。

锺书的小说改为电视剧，他一下子变成了名人。许多人慕名从远地来，要求一睹钱锺书的风采。他不愿做动物园里的稀奇怪兽，我只好守住门为他挡客。

他每天要收到许多不相识者的信。我曾请教一位大作家对读者来信是否回复。据说他每天收到大量的信，怎能一一回复呢。但锺书每天第一事是写回信，他称"还债"。他下笔快，一会儿就把"债"还"清"。这是他对来信者一个礼貌性的答谢。但是债总还不清；今天还了，明天又欠。这些信也引起意外的麻烦。

他并不求名，却躲不了名人的烦扰和烦恼。假如他没有名，我们该多么清静！

人世间不会有小说或童话故事那样的结局："从此，他们永远快快活活地一起过日子。"

人间没有单纯的快乐。快乐总夹带着烦恼和忧虑。

人间也没有永远。我们一生坎坷，暮年才有了一个可以安顿的居处。但老病相催，我们在人生道路上已走到尽头了。

周奶奶早已因病回家。锺书于一九九四年夏住进医院。我每天去看他，为他送饭，送菜，送汤汤水水。阿瑗于一九九五年冬住进医院，在西山脚下。我每晚和她通电话，每星期去看她。但医院相见，只能匆匆一面。三人分居三处，我还能做一个联络员，经常传递消息。

一九九七年早春，阿瑗去世。一九九八年岁末，锺书去世。我们三人就此失散了。就这么轻易地失散了。"世间好物不坚牢，彩云易散琉璃脆。"现在，只剩下了我一人。

我清醒地看到以前当作"我们家"的寓所，只是旅途上的客栈而已。家在哪里，我不知道。我还在寻觅归途。

附

录

一

钱瑗病中记。她患脊椎癌，住进医院时癌症已届末期，但她本人和父母都不知实情。她于一九九五年底腰痛求医，一九九六年一月住院；因脊骨一节坏死後不復有痛感，她虽然只能仰卧硬板床上，而且问病的人络绎不绝。她还偷功夫工作並阅读。十月间，她记起我曾说要记一篇《我们俩》，要求我把这题目让给她。我當然答应了。仰卧写字很困难，她却乐於以此自遣。十一月医院报病危，她还在爱惜光阴。我不忍向她实说。一九九七年二月二十六日，她写完前五篇。我劝她养病要紧，勿劳神。她实在也已力竭，就听话停笔。五天以後，她於沉睡中去世。这里发表部分草稿和一篇目录。

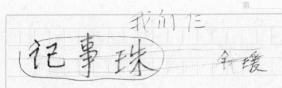

我们仨

记事珠   余暖

记得在小学学写作文时用的

　　"一寸光阴一寸金，寸金难买寸光阴。"
这是上小学时，作文开头的套话。现在，治到
六十岁的时候，多少也明白了这句话总结了千
百年来及为大家接受的真理。人生在世，在珍
珍惜光阴。不久前，我因病住院，躺在床上，
看着光阴随着滴。药液流走，我想着写点回
顾父母如何教我的事：从识字到做人。
也标是不敢浪费光阴的一点努力。

写：病中记 某世节六日。母病句苟诵。下停车。

我们仨

目　录

（十）

（十一）

治病法治病

（十二）

（一）爸々逗我玩

　　我于1937年五月生于英国牛津，因我的哭声大，护士戏称我为"Miss Sing High"（"星海小姐"）。我一百天随父母到法国，两岁后回国。父亲单身到内地教书，母亲则带我回到上海，她当上了一个中学校长。1941年父亲由内地辗转回到上海，我当时大约五岁。他夫々逗我玩，奶々说他知我是"老鼠哥々同年伴"。我当然非常高兴，撒娇、"人来疯"，变得相当讨厌。

大的也要打一顿，小的也要打一顿。

　　爸々不仅连我脸画胡子，还在肚上画鬼脸。不过他的拿手还是编顺口溜，起绰号。有一天我午睡后在大床上跳来跳去，化身剧马上鬼："身上穿件火黄背心，面孔象只屁股油亮亮"我知道把我的脸比作猴子的红屁股不雅，就

（右侧批注）
形容我的样々是
糊涂巴
是好话

撅咀 撞头表示抗议。他立刻 把我 比作猪
撅咀，牛撞头，蟹吐沫（鼓着腮帮子
发出 "pooh, pooh" 的声音）我 一下子得了那
么多的绰号，其实心里还是很 得意 的。

、蛙凸肚（凸出肚子 假装生气）。

爸爸 还教我说一些英语单词。四

、猪、猫、狗 最长的是 metaphysics（形而上
学）。见还有潜力可挖，就又教我几个法语 德语
德语单 ，大都是带有屁屎的粗话，不过我当
时并不知道。有朋友来时，他就要我去卖弄
。我就象八哥学舌那样回答，客人听了哈哈大
笑。我以为自己很 博学 "，不免沾沾自喜，
塌鼻子都翘起来了。

（四） 我犯"混"，大受批评

到清华后，我开始熟悉环境。先是到大礼堂，同方楼；后来又发现了航空院后有几架旧四匹 飞机；随后走到天文台那里去"探险"；走累了，坐到荷花池边，等对面锺亭的悠悠锺声：每天定时有工人来撞一口大铜锺，通报时辰。

走遍了校园的各个角落之后，我认定，水木清华是世界上最美丽的地方。

当然，也碰到过不煞风景的事。初住进去时我看到此邻西客厅由屋前有是一块空地。有个月洞门，不免好奇，我钻过去一探究竟。没有想到，里面又还是个堂食，大师付正在杀鸡。然后我顺手扔到我家屋前的空地上。被割断喉管的鸡垂死挣扎，扑腾着翅膀。满院

"飞"爬，凄厉的叫声令我胆战。这成了我以后领悟为什么"杀鸡"可以"儆猴"的最初实例。

到清华后，父母本打祘让我上附中的初二，没有想到，按校方的新规定，我年龄不足，要读一年只能上初一。要浪费一年时间，很不值得，加之我身体又不够好，决定还让我休学。他们当时对我的要求不高，每天练墨笔字，每周学点英语文法并做练习，读一篇英语课文。由爸爸定期检查。每天我有足够的自由支配时间。我到教楼（音乐楼）去练琴。每月只花一元钱就可每天练一小时。我总要一见有琴闲着就去练，往往一次又练多弹一到两小时。琴弹得不坏乐手，

厌烦（circled）　要求越来越不想做（circled）

喜欢功课。一天我发现有几页大字没有爸爸批改过的笔迹，抱怀着侥幸心理去交，他竟居然没有察觉。到第三次，他发现了，大好，西写找弄虚作假，是品德问题。气冲冲地把文法书撕了，并发誓，再不教我读书。妈妈也狠狠地批评了我，并责令我把书补好。这以后我倒不再犯"混"，跟爸爸妈妈学完了初中的代数、几何、化学、物理等课程。

　　1952年，我考上了五一女中（即后来的贝满女中）上高一。这种"不知愁滋味"的生活也随着星移斗转而逐渐流逝了。

圆~Dear:

养病第一，好~休
息，好~保养 勿劳神 8

Heaps of love
mom

1997年 二月廿七日

1997. 圆是于3月四○五世. 写此之时. 平躺床上到阿城
特派助其写信. 母记.

附

录

二

上半頁 我的字易難认。"公私兼顧"起是錢書家的
"老筆戍譯下，看不清楚，李抄一遍。

一身而三任

此事古未有

暫充兩頭蛇

竟作三頭狗（Cerberus）

不従父母誡

夫言當聽受

若還執己見

大棒叩汝首

"啊喲痛煞哉！"

雪地没處走．

"九日" 指 1974年 12月9日

"咱们流亡一周年"，当時住

社科院七樓西尽头办公室．

糊儿：

　　不知你是否通情达理，听取群众的意见（三人为众），今天乖乖在家休息。明天若多休一天，定获大效。我估计你未必听话，即使今天休息，明天仍去俟命。大雪天路滑车挤，若你必欲"积极"，晚上挤上了车直接回家吧，不要再绕道来了。早休息，我们也放心些。"公私兼顾"非高水平人不能，你无此能耐，总是"兔子尾巴和马一样就材料"而已。对了学校去充当 eager beaver，就不必来当你 filial daughter，还是回家作 dutiful wife 罢。三件事平日也难兼力，病中更不宜。不尖。

志笔成语：一身而三任，　　　　Pop 字
若还轶出只　此事古来未有，Mom 字
大棒呵比首，转作两头蛇，（Cerberus）　（1973年12月
"呵哟痛煞哉！" 莫作三头狗，　　　　　九日（即此即
岂逃没处走。戏言当听受；　　　　　（响响流亡一
　　　　　　　失言当聽受；　　　　　　周年.）

阿奶：

托陈大妈送上購糧本，
以便

您逕買二斤分好米。我家
無需要。需多求為萬幸。
它另求！即致

敬禮、

杨鲜 不知
送

唐〇同志
外購糧本不

此信是钱书写的，阿奶是我们的亲家妈，也即唐云同志阿妈：

　　长远勿见侬好哦，俯即向闹东西，像十四夜个

月亮，大团圆则缺一眼眼，侬两家头搭侬开心。

叫侬个奥画带搰侬一块鸡膇（写白字），

几个墨黑混糊子阿辣乡下人勿识货，祝

过年好！

女婿大宝宝

以及男世小圆三个均此

圆盼二少姐

五岁 阿佳

敏松

上 阳日

钱瑗得知爸、特地坐起来为她写信，而写的字像天书，她就预先写了回信，请爸、不要劳神写信。

北京師範大學 外语系
FOREIGN LANGUAGES DEPARTMENT BEIJING NORMAL UNIVERSITY

Dear Pop,

七月十九日. 星期五

听 mom 说, 你昨天特意坐起来给我写信, 我非常高兴。(信小王星期天送来) 我虽未看到信, 先给您写回信。

星期一我去做了 C.T., 医生说胸水又少了, 骨头的情况也有改善, 不过仍不许我"轻举妄动"——不可以猛然翻身, 在床乱滚。我就"文静"地移动, 这就比完全仰卧不许动有很大进步。还可以侧身。

我每天晚上和 mom, 老 guy 通过电话后, 就看侦探小说, 相当"乐事"。

一切都好, 匆念。Lots of love.

Oxhead 敬上

Beijing Normal University
Beijing 100875, China

贴　邮
票　处

Pop爺 收

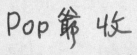
航空
PAR AVION

牛头寄。

图: 1997年新年给爸爸信。"斋阴司法胖 (Face Fat) 脸潮肥"是一句笑话书上
的"洋泾浜詩", 爸常用来逗女儿的.

北京师范大学 外语系
FOREIGN LANGUAGES DEPARTMENT BEIJING NORMAL UNIVERSITY ────

Dear Pop:

拜年，拜年（学西藏前世活佛口气）

我没有粗笔了，只好请 mom 读给你听。

我听你要给我写信，其实可以省了，因为 mom
每天都与我通长电话，你的情况我都知道，
我的情况她也告诉你，这样，咱们就都有事了。
我现在吃得多，去得多。脸是翻司法啊肥吃
脸盆肥。😀 我的阿姨文化不高，不过再
近她把我问倒，她问我"什么是哲学？"，
"什么是散文"？我的医院里有不少你的 fans，
他们都祝你新年好！Oxhead. 除夕。

敬上

问候宝珍，祝她牛年万事如意！

□□□□□□

Mom 娘收

牛头 牛年寄

北京师范大学

地址：北京市新街口外大街19号

电挂：8511 电话(总机)：2012288

邮政编码 100875

圆乙新年给妈信。她电话里请我代她押韵. 我試改"母氏的勞", 但嫌太文. 他已满意, 我也没心思再改。"牛兒不吃草" 就是乙能進食了。

北京師範大學

Beijng Normal University

BEIJING 100875, CHINA

牛儿不吃草

想把娘恩报

愿采忘忧花

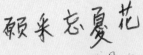 藉此 谢娘生。

祝 mom 娘新年好,身体好,心情好。

打油诗连韵也不押,但表达了我的心中

对你新年衷心的祝愿。

拜年,拜年。 丑年丑女拜年

1997, 丁丑年。

Telephone & Fax: (010) 62200074 BNU CN

“三妹”是我家阿姨。因丈夫中风，

不来我家工作了。圆圆很为妈妈担心。

北京师范大学 外语系

FOREIGN LANGUAGES DEPARTMENT BEIJING NORMAL UNIVERSITY

Dear Mom, 这几天瘦少,睡觉好,但一说话极气短,所以电话中"拉手持头"也有些困难了。

我最近头发掉得很多,医生说是吃了克癞散的缘故。说如怕掉发,就暂走药。我想之,宁可掉(反正以没头发),还是坚持吃,你说对吗?

这一阵吃饭较好,但吃得多,就出得多。也是克癞散的"功劳"。

三妹不来,我甚不放心你,因为你习的一套板地地等饭。有了你做各种泥,但你大约不会管饱的三顿饭。所以我希望你接受我的建议。你如果不之凑货,你又如何坚持下去呢?少之长了也受嘱不惯的。因为他还在跑胸科医院。

如方便,请找两大块三角巾(旧白布,花儿棉都可)我想包头,不至头发掉得一枕头,收拾起来很麻烦。

因此些涌,一只手写(即阿姨抹着底板),字不成样。不知你看错去否。Lots of love OxLead

图2去世前不久，不放心妈:的一日三夕，特写信教妈、如何做简易饭食。她自己已经不能進食

图是年三月四日去世．写此文时，平躺床上．刘阿姨持纸助其书写。　　　母識

北京師範大學

Beijing Normal University

BEIJING 100875, CHINA

Dear Mom,

Telephone & Fax: 2013929, Telex: 222701 BNU CN

附

录

三

钱瑗为爸、画像

裤子太肥了！

1988.8月

爸：卧读速写

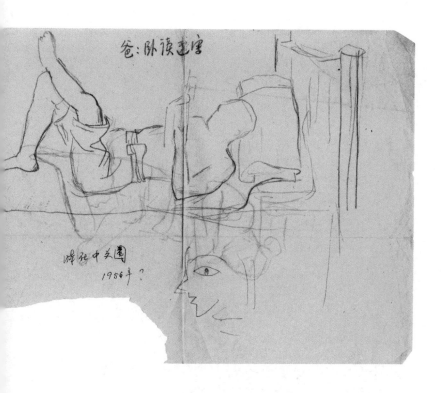

摄于中关园
1956年？

1981.1.5

' My father doing a major.

室内音乐

1988年3月

村陵长书暑读
图

衣冠端正
未戴帽。

爸上作卫态 OO画

赛丑
1990. 1. 9日

书勉为其难。

认字，要求"先生"画出来，镜

镜书遣阿姨买菜，阿姨不

1. 鷄也

2. 蛋也

3. 黄瓜也

4. 柬面也

5. 面色也

　切片的方面色
　或圓的大面色都行。

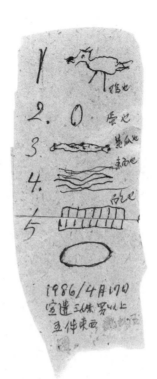

牛奶画不出来了. 反正

阿姨好會意

「中書君」、「管城子」都是「筆」的別稱。管錐編、圍城二書作者的筆名是「中書君」——絳注

中書君即管城子

大學者兼小說家

戲贈管城作者

楊絳 壬申四月

我们仨拾遗

失散了的时光

我们夫妇曾探讨女儿的个性。锺书说："刚正，像外公；爱教书，像爷爷。"我觉得这话很恰当。两位祖父迥不相同的性格，在钱瑗身上都很突出。

圆圆（前排右一）和表姐弟的合影
钱锺书在照片背面书"五个老小，我个顶好"（1940 年）

钱基博老先生手书、老夫人手订的《芥子集》，含短章114首，赠与钱家孙辈唯一的"读书种子"钱瑗（"健汝"为祖父为圆圆起的名字）。图为扉页与序言

————

人亦有言：五分钟之演说最难，而不知百十字之文章，同一不易！盖辞约，则意不尽，神不足。然能者为之，则有辞约而义丰，幅短而韵远！……学佛者不云乎：含须弥于芥子，此佛之所以神通也！然则涵宏深于寡短，此文之所为隽妙也，遂题之曰芥子集云！

我公公考问了她（阿圆）读的《少年》，又考考她别方面的学问，大为惊奇，好像哥伦布发现了新大陆，认定她是"吾家读书种子也"！

祖父手写祖母手装付
女孙健汝熟读之
己亥冬十二月二十四日夜老泉时年六
十三岁校武昌

序人亦有言：五分钟之演说最难。而不如百子字之
文章，同一不易！之辞调则惠于冗赘而不足？
然能删者必有所建业矣，惟无可删？而后为简人。
经收干练，及通了繁成，惟短？不务冗语？
：主观。客观之目，目记事？传人说
理，书情。新一百二十四首，写付女孙健汝。少
体物？写景。主观之？目？？人？？？？？

钱瑗自小习琴,
图为正读高二的钱瑗在
专注练琴(1952 年)

我们仨在北大中关园合影
(1962 年)

我们仨迁入南沙沟小区新居后的合影（1977 年 6 月）

得知圆圆通过公费留学考试，
即将去她的出生地英国留学，
杨绛乐得合不拢嘴（1978 年 5 月）

与出差在外的宝贝女儿通话，
是钱锺书最大的快乐！

There is a goose in the picture.

P.S. There is another goose (pedagogoose) in the picture!

钱瑗从英国寄回的照片。背面写道："照片上有一只鹅。另外还有一只鹅！"

另一只鹅指她自己（口语 goose 指傻瓜）。pedagogoose 是钱先生为女儿创造的雅号：pedagogue（学究）加 goose（傻瓜）

钱瑗所作日记一则（1981 年 9 月）

————————

上午人民文学出版社人送来 50 本《围城》（ 2nd ed. ）。
中午吃饭时，Pop 说，一有人来，"功课"没来得及做，
下午得补。Mom 说那你今天就不做算了。Pop 说：不行，
我的学问就是从做功课中来。

（"功课"指练字，看自己的旧笔记，看新书，看字典，
etc. ）Pop 说，现在每天看几页旧笔记（一天中文，一
天外文），联系新看到的东西，常有所发现。这就能
保持自己不断有所进步。

81. 9. 23日

上午 人民文学出版社人送来 50 本"围城"(2nd ed.) 中午吃饭时. Pop说, 一有人来,"功课"没来得及做, 下午得补. Mom说邮练今天就不继续了. Pop说, 不行. 我的学问就是从做功课中来.

("功课"指练字, 再看此书旧笔记, 看新书, 查字典. 此.) Pop说 比去每天看几页旧笔记, (一天中文, 一天英文) 联系新看到的东西, 看有所发现. 这就保持他不断有所进步.

杨绛与钱锺书在北京三里河寓所院内散步（1989 年）

右页图为杨绛所作日记一则（1991 年 1 月）：圆圆晚归，Pop 和 Mom 争着给她讲对方的笑话，一家三口的亲爱欢乐留在了这则日记中（痛失爱女后不久，杨绛将其赠与好友吴学昭留念）

日记一则 笑话二则

一九九一年一月二十日，星期日，今日大寒。

已个四九，天气真又真冷。

围：听源来，别人说："阿围苦诉你个笑话。眼胡晚混了钱，打好源，报了一张沼泽红尤多，东索西寻，这间屋跑到那间在，寻了两趟，直唤"新以浴车呢"。一倒是我过了这记眼，看见床上一候什么东西，提起一看，卫是她穿，觉了咕给中。你说可笑吗？"

我说："别也苦诉你个笑话：笔到楼下去，端在身上，上楼身乱摸，当个口袋却摸遍了，没有找到，报精强摸"大袋挖花半跌上了"，找因此不搭…幸身看，真寻到搭丁不名找…姚，她也眼不此找，…两过…膜摸…自告自报说"钱都偏了"，我灵机一动，因见到她用搭腿小拉，只听得萧西哗拉好，笑说有…

不像挣眼里呢。"两人收上楼，卷瓜百楼拉里剂此一张信未…等她宝以是千层糕，不肤半途临…我们开心辑大笑。你说够笑了？"

桥潭记

1991年1月20—21。
正好末作。

钱瑗生病，"哥们"似的爸爸写给她的"手谕"

————

元旦假期两天，好好在家休息，不要来朝山礼拜。Guy 如能归，风尘仆仆，亦须安静。若拘于礼数，便是不可救药之 Pharisee。Better unfilial obedience than filial disobedience. *

糊塗：

不出我之所料，果然病了！當○○為女不孝，為婦不賢，不聽話之果報。Even the satisfaction of being proved a true prophet doesn't make me curse you the less! 君宜務多休息一二天，後果不致強迫讀書三四天。打小孩豎，而不知大吃豎，試問姐何以處弟？

元旦假期三兩天，好了主家休息，不要來朝山禮拜。Gay 如能收，應應償，切莫靜坐。若拘於禮因數，便是不可救藥之 *Pharisee*. Better unfilial obedience than filial disobedience. 望順好。不盡，珊問

睡安

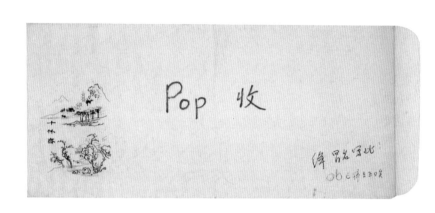

为隐瞒女儿去世的消息，杨绛冒充圆圆写信安抚
病重的钱锺书，时钱瑗已辞世五日

Dear Pop,

　已有很久没有来看你，很想你。

　　现在睡觉很香，胃口也好，医生都很高兴。不过，因为是慢性病，还要乖乖养一阵。我们两个都乖乖养吧。

Lots of Love　　Oxhead 敬上

　　　　　　　三月九日

圆圆生前即有言，不留骨灰。北师大外语系的师生舍不得钱瑗，还是将她的骨灰带回校园，埋在文史楼西侧她每天走过的一棵雪松树下。大概是圆圆去世百日后，我到树旁坐坐。后来被人看见了，我怕系里来招待我，忙悄悄溜了。我套用东坡悼亡词："从此老母肠断处，明月下，长青树。"

北师大校园的敬师松，钱瑷的骨灰被敬爱她的学
生们埋于雪松树下

锺书逃走了，我也想逃走，但是逃哪里去呢？我压根儿不能逃，得留在人世间，打扫现场，尽我应尽的责任。

失去了圆圆与锺书的杨绛，"打扫现场"中不时
望望失散的两位亲人，为自己加油（1999 年）

尖兵钱瑗

钱瑗和她父母一样，志气不大。她考上了北京师范大学，立志要当教师的尖兵。尖兵，我原以为是女儿创的新鲜词儿，料想是一名小兵而又是好兵，反正不是什么将领或官长。她毕业后留校当教师，就尽心竭力地当尖兵。钱瑗是怎么样的尖兵，她的同学、同事和学生准比我更了解。

我们夫妇曾探讨女儿的个性。锺书说："刚正，像外公；爱教书，像爷爷。"我觉得这话很恰当。两位祖父迥不相同的性格，在钱瑗身上都很突出。

钱瑗坚强不屈，正直不阿。北师大曾和英国合作培养"英语教学"研究生。钱瑗常和英方管事人争执，怪他们派来的专家英语水平不高，不合北师大英语研究生的要求。结果英国大使请她晚宴，向她道歉，同时也请她说说她的计划和要求。钱瑗的回答头头是道，英大使听了点头称善。我听她讲了，也明白她是在建立一项有用的学科。

有一天，北师大将招待英国文化委员会派来的一位监管人。校内的英国专家听说这人已视察过许多中国的大学，脾气很大，总使人难堪，所以事先和钱瑗打招呼，说那人的严厉是"冲着我们"，叫钱瑗别介意。钱瑗不免也摆足了战斗的姿态。不料这位客人和钱瑗谈话之后非常和气，表示十二分的满意，说"全中国就是北师大一校把这个合作的项目办成功了"，接下慨叹说："你们中国人太浪费，有了好成绩，不知推广。"钱瑗为这项工作获得学校颁发的一份奖状。她住进医院之前，交给妈妈三份奖状。我想她该是一名好的小兵，称得上尖兵。

1968 年，干面胡同
社科院宿舍大楼屋顶

钱瑗爱教书，也爱学生。她讲完课晚上回家，得挤车，半路还得倒车，到家该是很累了。可是往往到家来不及坐定，会有人来电话问这问那，电话还很长。有时晚饭后也有学生来找。钱瑗告诉我：她班上的研究生问题最多，没结婚的要结婚，结了婚的要离婚。婚姻问题对学习影响很大，她得认真对待。所以学生找她谈一切问题，她都耐心又细心地一一解答，从不厌倦。我看出她对学生的了解和同情。

早年的学生她看作朋友，因为年龄差距不大。年轻的学生她当作儿女般关爱。有个淘气学生说："假如我妈能像钱瑗老师这样，我就服她了。"

钱瑗教的文体学是一门繁重而枯燥的课，但她善用例句来解释问题，而选择的例句非常精彩，就把文体学教得生动有趣了。她上高中二年级时曾因病休学一年，当时我已调入文学研究所的外文组（后称社科院外文所），她常陪我上新北大（旧燕京）的图书馆去借书还书。她把我借的书读完一批又读一批，读了许多英国文学作品，这为她选择例句提供了丰富的资料。可惜这许多例句都是她备课时随手拣来的，没留底稿。我曾看过她选的例句，都非常得体，也趣味无穷。钱瑗看到学生喜欢上她的课，

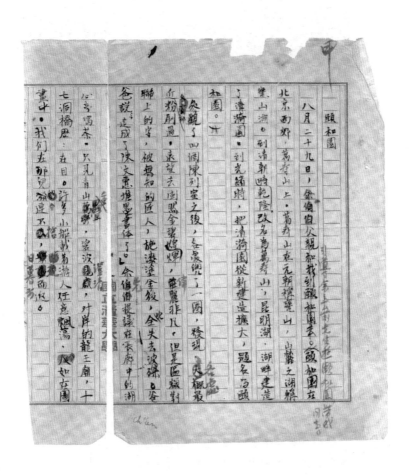

頤和園

八月二十九日，爸偕母親和我到頤和園去。頤和園在北京西郊。萬壽山上。萬壽山在元朝稱甕山，到清朝時乾隆，改名為萬壽山，昆明湖，湖畔建造了這游園，到光緒時，把清游園從新建造擴大，題名為頤和園。卄

久觀了四洞陳列室之後，爸衆興之一圖，發現

近粉剧過，遠望去，但見金碧煌煇，富麗非凡。但是匾額對聯上的字，被那和的匠人，施漆塗金線，全失去光彩。余維瑞提議在長廊中的湖

爸說：這成了決文惠……要書體了。

心高喝茶。只見青山萬壑，蒙汶見底，對岸的龍王廟，十七洞橋歷……在目。許多小艇載著游人任意飄蕩，心如在圖畫中。我們在那兒徘徊不……日暮而返。

钱瑗1950年因病休学，杨绛为她补习功课，每星期作文一篇
周末钱锺书由城里回来，为女儿改作文

233

20 世纪 90 年代，北师大校园

就格外卖力，夜深还从各本书里找例句。她的毕业生找工作，大多受重视也受欢迎，她也当作自己的喜事向妈妈报喜。

钱瑗热心教书，关怀学生，赢得了学生的喜爱。她为人刚正，也得到学生和同事的推重。她去世的告别会上，学生和同事都悲伤得不能自制。钱瑗的确也走得太早了些。

如今钱瑗去世快七年半了。她默默无闻，说不上有什么成就，也不是名师，只是行伍间一名小兵。

但是她既然只求当尖兵，可说有志竟成，没有虚度此生。做父母的痛惜"可造之材"未能成材，"读书种子"只发了一点儿芽芽，这只是出于父母心，不是智慧心。我们夫妇常说：但愿多一二知己，不要众多不相知的人闻名。人世间留下一个空名，让不相知、不相识的人信口品评，说长道短，有什么意思呢。钱瑗得免此厄，就是大幸；她还得到许多学生、同事、同学友好的爱重缅怀，更是难得。我曾几次听说："我们不会忘记钱瑗"，这话并非虚言。"文革"期间钱瑗的学生张君仁强，忽从香港来，慨然向母校捐赠百万元，设立"钱瑗教育基金"，奖励并培养优秀教师。张君此举不仅得到学校的重视，也抚慰了一个妈妈的悲伤。他的同学好友是名编辑，想推出"纪念钱瑗小辑"，他们两人相约各写一篇。钱瑗的学生和同事友好闻讯后，纷纷写文章纪念钱瑗，没几天就写出好多篇。我心上温暖，也应邀写了这篇小文。

2004 年 8 月 20 日

（选自生活·读书·新知三联书店 2005 年出版的《我们的钱瑗》。该书是三联书店在《香港文学》于 2004 年刊出《纪念钱瑗特辑》后，在已刊 10 篇文章基础上增集 17 篇，并请得杨绛先生同意，把本篇作为代序，结集出版的。）

介绍莫宜佳翻译的
《我们仨》

钱锺书最欣赏莫宜佳的翻译。他的小说有多种译文，唯独德译本有作者序，可见作者和译者的交情，他们成了好朋友。她写的中文信幽默又风趣，我和女儿都抢着看，不由得都和她通信了。结果我们一家三口都和她成了友。

我女儿和我丈夫先后去世，我很伤心，特意找一件需我投入全部身心的工作，逃避我的悲痛；因为这种悲痛是无法对抗的，只能逃避。我选中的事是翻译柏拉图《对话录》中的《斐多》。莫宜佳知道了我的意图，支持我，为我写了序文。她怜我身心交瘁中能勉力工作来支撑自己，对我同情又关心，渐渐成了我最亲密的一位好友。

莫宜佳不是一般译者，只翻译书本。她爱中国文化，是中国人的朋友。她交往的不仅有知识分子，还有种地的农民，熟识的也不止一家。她知道农家

20世纪80年代，莫宜佳到北京三里河寓所拜访时
为"我们仨"拍摄的合影

的耕牛是一家之宝，过年家家吃饺子，给家里的耕
牛也吃一大盘饺子。她关注中国人民的风俗习惯、
文化传统。我熟悉的只是知识分子。至于学问，我
压根儿不配称赞。单讲中国文学的水平吧，我嫌钱
锺书的《管锥编》太艰深，不大爱读，直到老来读
了好几遍，才算读懂。莫宜佳读后就出版了《管锥
编和杜甫》，当时钱锺书已重病住入医院，我把莫宜
佳这本书带往医院，钱锺书神识始终清楚，他读了
十分称赏。

我只爱阅读英、法、西班牙等国的小说、散文
等；即使是中文小说，我的学问也比不上莫宜佳。

她对中国小说能雅俗并赏，我却连通俗小说也不如她读得广泛。因为我出身旧式家庭，凡是所谓"淫书"，女孩子家不许读，我也不敢读。她没有这种禁忌，当然读得比我全面了。这是毫无夸张的实情。

我早年有几本作品曾译成英语、法语。在国外也颇受欢迎。我老来不出门了，和以前经常来往的外国朋友绝少来往。梦想不到的是钱锺书早年朝气蓬勃的《围城》，和我暮年忧伤中写成的《我们仨》，今年同在法兰克福书展出现！这是莫宜佳的荣誉，我们夫妇也与有荣焉。因为我们两个能挨在一起，同时也因为译文同出于莫宜佳的大手笔。希望德国读者在欣赏莫宜佳所译《围城》的同时，也同样喜欢《我们仨》。

2009 年 5 月 31 日

（本文是杨绛先生为《我们仨》德文版撰写的序言，收入生活·读书·新知三联书店 2015 年出版的杨绛散文集《杂忆与杂写：一九九二—二〇一三》。）

钱锺书生命中的杨绛

　　我原是父母生命中的女儿，只为我出嫁了，就成了钱锺书生命中的杨绛。其实我们两家，门不当，户不对。他家是旧式人家，重男轻女。女儿虽宝贝，却不如男儿重要。女儿闺中待字，知书识礼就行。我家是新式人家，男女并重，女儿和男儿一般培养，婚姻自主，职业自主。而钱锺书家呢，他两个弟弟，婚姻都由父亲作主，职业也由父亲选择。

　　钱锺书的父亲认为这个儿子的大毛病，是孩子气，没正经。他准会为他娶一房严肃的媳妇，经常管制，这个儿子可成模范丈夫；他生性憨厚，也必是慈祥的父亲。

　　杨绛最大的功劳是保住了钱锺书的淘气和那一团痴气。这是钱锺书的最可贵处。他淘气，天真，加上他过人的智慧，成了现在众人心目中博学而有风趣的钱锺书。他的痴气得到众多读者的喜爱。但

1978年入居三里河寓所的钱锺书和杨绛

是这个钱锺书成了他父亲一辈子担心的儿子，而我这种"洋盘媳妇"，在钱家是不合适的。

但是在日寇侵华，钱家整个大家庭挤居上海时，我们夫妇在钱家同甘苦、共患难的岁月，使我这"洋盘媳妇"赢得我公公称赞"安贫乐道"；而他问我婆婆，他身后她愿跟谁同住，答："季康"。这是我婆婆给我的莫大荣誉，值得我吹个大牛啊！

我从一九三八年回国，因日寇侵华，苏州、无锡都已沦陷，我娘家婆家都避居上海孤岛。我做过各种工作：大学教授，中学校长兼高中三年级的英语教师，为阔小姐补习功课。又是喜剧、散文及短篇小说作者等等。但每项工作都是暂时的，只有一件事终身不改，我一生是钱锺书生命中的杨绛。这是一项非常艰巨的工作，常使我感到人生实苦。但苦虽苦，也很有意思，钱锺书承认他婚姻美满，可见我的终身大事业很成功，虽然耗去了我不少心力体力，不算冤枉。钱锺书的天性，没受压迫，没受损伤，我保全了他的天真、淘气和痴气，这是不容易的。实话实说，我不仅对钱锺书个人，我对所有喜爱他作品的人，功莫大焉！

2009 年 6 月 2 日

（选自生活·读书·新知三联书店 2015 年出版的杨绛散文集《杂忆与杂写：一九九二—二〇一三》。人民文学出版社于 2014 年收入《杨绛全集》第三卷。其编者有如下文字说明："《听杨绛讲往事》繁体字版于二〇〇八年冬在台湾出版后，受到读者欢迎，台湾学界朋友有意组织座谈，议题之一即为'钱锺书生命中的杨绛'，并希望杨先生能赴台湾与读者见面。杨先生因年事已高没能成行，却以此为题写了这篇短文，未交出。近日整理旧作时不意发现，遂收入《全集》。"）

2016 年 5 月 25 日，杨绛去世。
"我们仨"在天上重聚了。

出版后记

早在 20 世纪 70 年代，杨绛先生与钱锺书先生就与三联书店结下了深厚的友谊。1981 年，三联书店出版了由钱锺书小引并封面题字的杨绛散文集《干校六记》，引起热烈的社会反响，也由此开启了三联出版纪实作品的先河。随后，三联书店陆续推出杨绛散文集《关于小说》（1986）、《将饮茶》（1987），小说《洗澡》（1988）和随笔《杂忆与杂写》（1994）。20 世纪 90 年代，钱锺书先生还担任了北京三联和香港三联联合发行的大型文库"中国近代学术名著丛书"的主编，这是他唯一担任过主编的丛书。

杨绛先生曾说："我们决定把《钱锺书集》交三联出版，我也有几本书是三联出版的。因为三联是我们熟悉的老书店，品牌好，有它的特色。特色是：不官不商，有书香。我们喜爱这点特色。"

1997 年早春，钱瑗去世。1998 年冬天，钱锺书先生去世。相继失去两个最亲爱的人，年近九十的杨先生给自己安排了繁重的工作。1999 年，翻译完成了柏拉图对话录《斐多》，怀着无比的悲痛"试图做一件力所不及的事"，以"投入全部心神而忘

中国社会科学院外国文学研究所

石晓光同志：

您好：

我已将《我们仨》的版税捐赠清华大学教育基金会"好读书"奖学金。清华社将赊书版税，从第二版起直接寄清华大学。

谢谢您心：

杨绛

2003年 12月 29日

杨绛捐出《我们仨》全部版税给清华大学"好读书"奖学金

掉自己"；2001 年定稿了三联书店 6 年来一直在编校的《钱锺书集》，同时开始整理钱先生的大量中英文读书笔记，交商务印书馆影印出版了《钱锺书手稿集》。直到 2002 年冬天，杨先生终于动笔，三四个月内一气呵成《我们仨》，"在点点滴滴的往事回忆中，与锺书和圆圆又聚了聚"，写到动情处，泪滴洒落纸上，不能自已。与手搞一并收录其中的，还有"我们仨"的一些老照片、家书、便条等等，杨先生亲自手写了每一幅的图注。

2003 年 7 月，SARS 刚刚过去，《我们仨》在几乎没有任何宣传的情况下成为读书界的热点，仅当年就重印十余次、销售30余万册，深受读者喜爱。出版当年，《我们仨》即被评为"2003年最感人的书""2003开卷好书奖第一名""新浪年度精品图书奖"。杨先生没想到年轻人也喜欢看《我们仨》，难得地为新浪网的这次评选活动写了一份答词。《我们仨》出版一周年之际，三联书店推出了精装珍藏本。多年来，《我们仨》持续畅销，累计销售近千万册，还被翻译成德、日、韩等多种语言，在不同国家和地区出版发行。遵照杨绛先生生前嘱托，本书所得版税全部捐给杨绛先生在母校清华大学设立的"好读书"奖学金，资助优秀和家庭清寒的学子好读书，读好书。

2023年《我们仨》出版20周年。我们决定在初版基础上，增补相关照片、手稿等珍贵资料，推出"二十周年纪念本"，邀

《我们仨》德文版封面

《我们仨》日文版封面

《我们仨》韩文版封面

《我们仨》香港牛津大学
出版社繁体中文版封面

《我们仨》台湾时报出版
公司繁体中文版封面

广大读者一起，重温我们仨的时光。

"世间好物不坚牢，彩云易散琉璃脆"，但是他们仨的故事，将在书中永远流唱。

生活·讀書·新知三联书店

2023 年 6 月

图书在版编目（CIP）数据

我们仨：二十周年纪念本 / 杨绛著. —北京：生活·读书·新知三联书店, 2023.6 （2023.8 重印）
ISBN 978-7-108-07642-7

Ⅰ. ①我… Ⅱ. ①杨… Ⅲ. ①散文集－中国－当代 Ⅳ. ① I267

中国国家版本馆 CIP 数据核字 (2023) 第 065854 号

责任编辑　丁立松
装帧设计　薛　宇
责任校对　张国荣
责任印制　宋　家
出版发行　生活·讀書·新知 三联书店
　　　　　（北京市东城区美术馆东街 22 号　100010）
网　　址　www.sdxjpc.com
经　　销　新华书店
印　　刷　天津图文方嘉印刷有限公司
版　　次　2023 年 6 月北京第 1 版
　　　　　2023 年 8 月北京第 2 次印刷
开　　本　880 毫米 × 1230 毫米　1/32　印张 8
字　　数　100 千字　图 109 幅
印　　数　30,001－50,000 册
定　　价　68.00 元
（印装查询：01064002715；邮购查询：01084010542）